改变，从心开始

立 品 图 书 · 自觉 · 觉他
www.tobebooks.net
出 品

愈少愈自由

盐寮乐修二十年

区纪复 著

天津出版传媒集团
天津教育出版社
TIANJIN EDUCATION PRESS

图书在版编目（CIP）数据

愈少愈自由 ： 盐寮乐修二十年 / 区纪复著. -- 天津 ： 天津教育出版社, 2013.11
ISBN 978-7-5309-7378-3

Ⅰ. ①愈… Ⅱ. ①区… Ⅲ. ①随笔－作品集－中国－当代 Ⅳ. ①I267.1

中国版本图书馆CIP数据核字(2013)第224738号

愈少愈自由 盐寮乐修二十年

出 版 人	胡振泰
作　　者	区纪复
责任编辑	田　昕
装帧设计	亿点印象
出版发行	天津出版传媒集团 天津教育出版社 天津市和平区西康路 35 号　　邮政编码　300051 http://www.tjeph.com.cn
经　　销	新华书店
印　　刷	三河市华晨印务有限公司
版　　次	2013 年 11 月第 1 版
印　　次	2013 年 11 月第 1 次印刷
规　　格	16 开（787×1092 毫米）
字　　数	116 千字
印　　张	14
定　　价	32.00 元

目　录

推荐序　我们需要这样的反思和试验 / 1

自序　乐修在盐寮 / 7

她序　执着的灵魂 / 15

简朴修行

简朴修行……2

拥有愈少愈自由……5

宁惜福不浪费……12

物尽其用……16

化腐朽为神奇……20

弯腰捡菜……23

素食修行……26

顿一顿……29

最后一滴……33

随时集中……37

净碗修行……39

用水之道……42

水修行……48
担水功夫……54
守在灶前……56
胶袋修行……61
道在垃圾……67
垃圾兄弟……74
扫地修行……80
洗厕报恩……83
吃果艺术……85
书法功夫……89
断食避年……94
不带一分钱……97
由头到脚的简朴……101

自然修行

自然修行……118
溯溪迎日……122
清晨一滴露……125
早晨喝尿……127
野外拉屎……131
露天洗澡……136
石中见世界……141
大海波浪壮……145
千禧迎日操……148
千禧和好操……152
海边净心……156

立石修行……158
立竿见影……163
拿起放下……166
净滩修行……169
信靠单行……171
无欲则刚……174
花样美尘埃……176
地球剪发……179
盐寮修行……182

附录　盐寮净土 / 193

推荐序

我们需要这样的反思和试验

我的青年志愿者朋友燕山学堂的林炉生向我推荐区纪复先生的这本书，并希望我为该书的大陆版写序，我自是欣然同意。认真阅读以后的第一反应是：这是一本非常及时的书，今天的中国大陆正急需这样的反思和试验。

区纪复先生坚持他的“盐寮净土”试验已有二十五年之久。他如此概括试验的宗旨和特点：“度的像是出世的生活，思念的却是入世的关怀。”“盐”即有“消毒、防腐、调味的特性”，就是“希望对社会的不理想情况尽一点责任”，“调整一些歪曲的价值观与人生观”。这就使我产生了追问与讨论的兴趣：区纪复先生和他的朋友对当下社会和流行价值观、人生观有着怎样的不满与批判？于是就注意到区纪复先生对当今世界的一个基本判断：“现在世界已经进入了科技进步、经济发展、社会富裕的阶段，但仍然有贫富悬殊、不公不义的现象。”

更让他们焦虑的，是工业化、城市化“过度发展而带来的奢侈、浪费、破坏、污染的不良后果”，由此引发的是对工业文明与城市文明即所谓现代文明的反思和反省。这样的反思、反省，又主要集中在两个方面：一是人与大自然关系的大破坏，二是物质、消费、功利的价值取向导致的人自身的异化，越来越远离人的生命本性。其具体表现为三个极度紧张：人与自然关系的极度紧张，人与人之间关系的极度紧张以及人自身内心的极度紧张。于是，就产生了“和大自然靠近一点，和生命本身亲密一点”的时代新要求；暨南国际大学教授李家同先生说，这是区纪复先生在本书里所要表达的“终极主张”，我以为抓住了要害，是一个非常准确的概括。

我在阅读本书里的这些讨论时，不能不同时想到当下中国大陆的现状；我相信本书的大陆读者也会有这样的联想。这都是 2013 年我们亲身经历、体验的现实：从年初的雾霾所暴露的空气污染，到此刻我们正在苦熬的酷热显示的气候反常，都无时无刻不在提醒我们：人类正在遭遇大自然的无情报复，不能不吞下上一世纪世界工业化对大自然无节制的开发所造成的恶果、苦果。而 2013 年接连不断发生的公共恶性事件，从年初的死猪事件、毒奶事件，到刚发生的产科医生贩卖初生婴儿事件，等等，无一不在挑战社会道德的底线，其暴露的人性的变态，人际关系的险恶，已经超出了人们的想象力与容忍度。这都会转化为人内心的焦虑、烦躁，以至失控。这样的心灵的无名之火又会转化为社会的戾气，一旦蔓延，是随时可能导致暴力行为，产生灾难性后果的。中国一方面像北京、上海、广州这样的大都市已经进入后工业化时代，开始了对过度工业化的反思；另一方面，在中西部更广大的地区，工业化还在如火如荼地进行，其价值观、人生观，依然占据主流地位。这都是我们必须面对的现实，从观念、价值与实践两方面对之作出回应，就成了中国大陆的当务之急。这是一个时不我待的重大的社会、教育课题。

本书正是在这样的时代需要下显示了特殊的价值。在我看来，区纪复先生倡导的“简朴，自然的生活”，至少是提供了一种可能性，一个全新的思路和途径。最具启发性的是，其内含的两大观念。一是“重建人与自然的关系”。区纪复先生反复强调，要用“另一种眼光看待”我们身边的水、火、石头与草木，它们都是“有灵有性，有感情，有喜好，有能力，会变化”，“多姿多彩”的，也就是说，水性、火性……都是和人性相通的；因此，“在大地自然中万物就像一家人一样”，人对自然要有“兄弟情怀”，要有“敬重”之心，要懂得“感恩，回报”；“顺其自然，爱护自然，保护自然”之外，还要会“赞美，欣赏自然”，这样才能达到人和自然的“和谐共融”，最后，达到“天地人合一”的境界。其二，是“回归与升华人的生命本性”。这包含了建立新的价值观，寻求新的生活方式，重建人与人新的关系等几个方面，最终目的是要“得到各种良好的人性特质”。从区纪复先生的描述里，可以看出，这是一个复归传统，又具时代特色的既老且新的生命状态：“不敛，不贪、不奢侈、不浪费、降欲、克制、节俭”，“惜福、惜物、惜缘”——这背后是一个和物质主义、消费主义、欲望至上的流行价值观完全不同的“愈少愈自由”的新价值观和“拥有的少”“需要的少”的“简朴生活”和“简朴精神”；“真诚、慈悲、和谐、共融、分享、互信、互助、接纳、包容”——这是一种全新的人与人的关系；“喜悦、关怀、和善、谦逊、忍耐”“不气、不怒”“用心、细心、耐心、恒心、信心、好心、爱心”——这都是人性的修炼所达到的更高的精神品质与境界。区纪复先生称之为“新人类”；但如单国玺主教曾说，是内蕴着“中西新旧合一的精神”的。区纪复先生又把这样的新人类精神概括为“和好的精神”：“与自己和好”“与他人和好”“与大自然和好”“与上天和好”。区纪复先生强调，这是一种“具现代特色的新的精神”。他显然期待这样的新人类、新精神、新生活能够通向人类社会的新世纪，期待着综合并超越传统文明和现代文明的人类新文明的诞生。本书提供的这一愿景，或许是一种新乌托邦，但也正是这个时代所需要的。

而区纪复先生和他的朋友真正着力的，却是彼岸的乌托邦理想（愿景）照亮下的此岸努力。他的“盐寮净土”是建立在现实土壤上的。这是一个具体的可以操作的试验，其最吸引人之处有四。一是人人都可以参与，只要愿意就可以做到。二是它的当下的行动性，如区纪复先生所说，它既不陷入“意识形态的高调”，又非纯粹“知识的论述”，不空发牢骚，也不高谈阔论，而是实实在在地行动起来，把理想融入日常生活，从一件件具体的小事情做起，落实到“一切生活行为的细节上”。因此，在盐寮净土里，前面所说的所有的理念、愿景，全变成极富想象力和创意的具体修行，如体现人与自然新关系的“水修行”“立石修行”“千禧迎日操”，体现新价值观、新生活方式的“简朴修行”“物尽其用”“道在垃圾”，体现人与人新关系的“信靠单行”等，或许这些设计与实践，是最能让本书的读者心驰神往的。其三，它完全是志愿的选择，“心甘情愿，无拘无束，因此也享受到了这种生活带来的自由和乐趣”。其四，它所选择的是一种“由内到外，由近至远及由人到自然”的行为方式，这背后的理念，和我这些年一直在倡导的“从改变自己的存在开始”的“静悄悄的存在变革”确有相通之处，或许这就是我于区纪复先生的“盐寮净土”试验特别能产生共鸣的原因吧。

我一直坚信，这样的从自己做起的民间社会的存在变革，是颇具扩散效应的。区纪复先生的“盐寮净土”精神由台湾推广到香港、澳门，现在又传入大陆，这都是势所必然。当我听说燕山学堂和盐寮净土将在 2013 年联合发起“回归内心的简朴生活之旅”，特别感到欣慰。这不仅意味着区纪复先生种下的自然简朴生活的种子在大陆的散播，而且也是我一直关注的青年志愿者运动的一个丰富与发展。在我看来，这样的两种发展方向，或偏重于志愿者自我和群体自身的修行，或偏重于社会服务，是应当、也可以相互补充的。这也是区纪复先生所强调的：“每个人不会有相同的取舍标准，而可各自有他的重点看法，走出自己一条抉择的途径”。我对青年朋友的建议是：在寻找自己的发展道路时，不妨做多方面的尝试。区纪复先生书的出版，也就别具意义：它将打开一番新的天地。

钱理群

2013 年 8 月 16 — 17 日

自序

乐修在盐寮

这本书《愈少愈自由：盐寮乐修二十年》是我在盐寮二十年所领悟到的灵性修炼结果。除了描述各个修行专项的外在方式及过程，也深入地去分析内在的心态和心路历程。

盐寮净土的生活是出世的，所关怀的事物却是入世的，也就是离开俗世欲望的诱惑，但积极关心世间人事物的悲苦。要过这样的生活，首先要有所抉择，然后要有决心，最后还要有耐心，才能坚持。这是自愿的选择，所以心甘情愿。

这种出世的生活表面上与以前的乡村生活没有太大分别，可是内在则需要有修行的心态。因为是自愿的，所以是一种“乐修”，得到的是自由、快乐、平安。

盐寮净土创立于二十五年前，那时我已离开本业工作五年，曾环游世界两次，观察各国对环境问题如何解决。这是因为我从事高分子化学专业工作十多年之后反省而做的决定。我从大学开始就追求先进科技，在台湾大学就读化学工程，毕业后等候了一年，获得瑞士的奖学金，前往其联邦理工学院研究高分子化学四年，又在化学纤维厂研究四年之后，被台湾一个大的塑胶及纤维企业邀请回去，担任研究部门主任，在这大企业一待就十年。我常常听见在附近大学教书的朋友说：你们的工厂排放出来的废气很臭。又看见由工厂排出来的废水很黑有毒，附近的村民已不敢种菜了。每天工厂还有大量的废弃物产生，都不知道运到哪里去丢弃。因此我时常反思，我做的这份工作对不对？我曾写专业文章，也曾写建议书，改善的方法也有专家在研究，但需要花大量经费才能支持改善污染的技术，不易被只求利益的老板接受。我经过长期的沉思，觉得自己不应该再继续从事这害己害人害社会环境的事业，而决然辞职，另觅他途。

我环游世界的时候特别关注环境、教育、仁爱等事项，最后发现，科技工业进步的国家并不能彻底解决环境生态问题。有些国家用技术方法将垃圾废物分类回收，有些国家用惜福、物尽其用的态度，有些国家用法律严格管理，有些地区推行爱护大地、保护生态环境的观念。我曾住过八年的瑞士做得相当好，是因为他们的家庭、学校、社会教育的一致贯彻性。

我回到台湾，就与好友同道七人商量设计而创立了盐寮净土，希望以“盐”的作用，对社会消毒、防腐、调味，而改变人的生活态度、价值观、人生观；而且以“寮”的简朴节约方式让人体验一种回归自然、返璞归真的生活。最后能达到一个净化身心灵的净土。

盐寮净土开始时我常常是一个人在生活，有很多时间思考简朴生活的理念，于是就写了第一本书《盐寮净土》。后来再思考简朴生活的方式与细节，又写了一本《简朴的海岸》。现在再加以修行的方式写这本《愈少愈自由：盐寮乐修二十年》。

不帶一塊錢
斷食避年
書法功夫
吃果藝術
洗廁報恩
掃地修行
垃圾兄弟
垃圾分類
膠袋修行
擔水功夫
水修行
用水之道
無欲則剛

书里编列出的各修行项目，是盐寮生活中的点点滴滴，不是按照什么逻辑系统次序，而是大致随着自然的天性来编排的。有些项目在我以前的书中曾经提及，不过多是以理念或生活的方式编写。在这书中重新提出，则是以修行的角度来反省，并细述这种修行过程与益处以及所能达到的境界。这里所收集写出的内容比较具有盐寮的特色与时代意义，其实还有很多项目是一般修行人早已提倡推行的，就不重复了。

我在盐寮净土生活到今天已二十五年了，这种生活方式和修行方法也已传到了其他地方。虽然现代大众传播媒体无远弗界，一秒传千里，一刻遍万邦，但写书还是我的喜爱。我喜欢用最传统的方法写文章，一笔一画都传达出感情和意念，动笔书写的时候也是我修行的时机，不像用电脑打字时手指机械僵硬地操作，而且会承受辐射、电磁波等的不良影响。当然，我没有电脑，也不常用电脑，就不必为此担心。

看书有很多方便和好处，只要手上拿着一本书就可以在任何地方阅读，没有什么负面的作用，尤其这类一篇篇的修行书，随时可以停下来沉思默想。不像存于电视、电脑、手机等电器工具内的资料，要看时还得有那套设备，不方便而且有危险。所以我一直还是用手执笔写书，为自己好，为别人也好。

《愈少愈自由》这本书最初是在台湾出版的。我去过美国、加拿大旅行，都是乘坐灰狗长途车，绕了一大圈，落脚处都是有好友的地方，所以这本书就送了很多给美国、加拿大的好朋友看。近几年我常到香港、澳门及中国大陆推广盐寮的简朴生活理念，所以又带了一些书到各地去，不少人都感兴趣而阅读，在香港更有固定书店代售。去年我们在大陆遇过几位出版社的人，他们都有兴趣将这本书出版简体字版，最后终于由一家成功出版了。

我们出外传扬简朴生活的第一站就是香港，香港虽然是个繁华的商业都市，密集的高楼、川流的车阵、流行的商品、匆忙的人潮，其实香港也有它淳朴、田野、乡村的一面。我们常在它郊外的村落、离岛、隐修等僻静的地方短暂居住，并举办简朴生活体验营。环境不同，能体验的内容也多少有差异，可是不会失去盐寮的精神。香港还有不少人愿意离开闹市，回归自然，过简朴生活、绿色生活，推广自然、绿色、健康教育，而且有不少年轻人还到过盐寮净土体验这种生活，也愿意在香港尽一份力量。

香港是我熟识的地方，家人、好友也有不少，就想找个盐寮长期的基地。因缘际会看上了一个离岛，叫做盐田梓，也有简朴、自然、灵性的味道。可是，我的原则是不要花一块钱找到一个地方使用，而不是想拥有，这就需要感动人、说服人愿意奉献出来，更需要一点耐力、耐性。我们等了十年，终于成功了，得到岛上的一位居民支持。他是教育家，做过多所学校的校长，愿意与我们合作推动岛上的淳朴文化。所以我们就开始在香港的这个小岛上努力开拓，找义工、志愿者帮忙整理，慢慢建造出一个适合体验简朴生活的营地。盐寮的精神就可以在香港落地生根，发芽开花了。

在香港推广盐寮精神之余，每次有空闲停顿下来，我就将盐寮的各项修行精神写成一篇篇的文章，所以这本书的大部分文章都是在香港写成的，偶尔可能就会夹入一两个香港人的用词。因为每一项修行都已在盐寮习以为常，因此成竹在胸，写来就轻快顺畅。虽然在香港写盐寮，然而落笔的当下，我的心我的人早已回到盐寮，置身在所熟悉的情境中。有一段时间我没有很多事情，在一个月内就完成了十四篇，好像只是信手拈来的容易，也享受到那种满足与快慰。

通常我每天晚上十时前就睡觉，睡到清晨约四时已恢复精神，在梦醒之后，有时灵感像泉涌而出，我会让思绪沉浸在这灵感之泉一阵后，整理一下，用心记住。接着起床，先将体内一夜的尿液排出，有时感觉愉快，就大饮一杯，回流利用，有助健康。然后坐下来，将记住的灵感写出，有些就是这本书一点一滴的内容，这可说是一种顺势的修行吧。

香港之后，我们就要溯源回游到澳门、中国大陆再推行这种简朴的生活教育。我要溯源回游，因为我是两岸四地的中国人，对这四地我都有深刻的缘分。中日战争时我出生于澳门，战争结束后全家回到广东新会潮连，我得以享受了几年乡村童年之乐，内战又起全家再迁到澳门；我完成了小学、中学，因为家境艰困，在香港工作了一年，才能升学台湾。因此澳、港、台、中国大陆就是这样结缘的。

由于有好友推介，在大陆就一点一点地扩大传扬简朴生活理念。真的想不到，大陆有些都市发展快速，也有很多山区农村仍然物质落后，但都有青年人志愿协助推广这些新的理念。我们就一年一年的在中国万里行，传扬简朴、自然、灵修的生活。有些机构组织每年夏天都邀请我们去分享“愈少愈自由的简朴生活”，而且还把“简单、自然、修行”作为他们的精神原则。

最近一年（2013年）由于大家的合作串联，而安排了一次有创意的“简朴生活之旅”，简朴的交通、简朴的住宿、简朴的饮食、简朴的行囊，我们共去了三个多月（7 月至 10 月），十二个省市：广东、福建、江西、四川、重庆、广西、云南、山西、北京、山东、江苏、湖南；三十多个地点，包括各种不同的民间团体：教育、文化、绿色、环保、农耕、公益、社工、修行等。他们邀请，安排，接待我们。更特别的是有多位年轻的志愿者全程同行，这样的简朴之旅真是发挥了很大的影响力，也播下很多良好的种子。

在停留香港期间，还没有找到一个长期合适的净土时，我大部分时间就留在都市的高楼中，过都市的简朴生活。我的父母弟妹都在香港，很自然地与父母同住，陪伴他们。生活上时常看见家人使用卷式厕所卫生纸，每用完一卷，就将最后剩下的白净硬纸筒丢弃，我一直觉得它还是有用的物资，不应该丢进垃圾箱，于是收集起来。有一天灵感突发，就将自己的一些理念，用简短语词以书法写在上面，一个卷筒一个意向。每次我出外演讲分享，就用这些硬纸筒写上题目、重点、大纲等，放在桌上，吸引着听众的好奇眼光与专注。现在我更进一步用这些硬纸筒照片作为这本书的插图，它们的价值就更珍贵而长远了。从耐心收集硬纸筒，在每一纸筒上运笔挥毫，再集合起来，回到海边的盐寮净土，取景、摆放、拍照，这过程也是一次乐修啊！

感谢我的太太秀娟，将文章的电子档做最后的编整，协助校对，并且对内容提出建设性意见。这些都是她以前的工作经验。而且写了一篇《她序》，更有意思。

今日的电子设备，跨越空间的阻隔，扩充人与人之间的沟通，快速传递信息，功劳是不可抹去的。但是，也让人隐隐担忧，如此迅捷的交流，拉近了与外面世界的距离，但与自己内心的距离又如何呢？

这就需要时常反省，提醒自己注意，也是一种尘间的修行啊。

这本书可以作为盐寮净土二十年来的一些成果，希望它也是香港盐寮和中国大陆一粒好的种子和一个好的开始！

区纪复

写于2008年1月1日

2013年7月30日于简朴之旅途中修订

她序

执着的灵魂

《愈少愈自由》在中国大陆印刷发行，是令人欢喜的一件事，让想认识纪复所提倡的简朴、自然、灵修生活的人们，可经由此书详细的生活经验与思想的分享，而能有更完整的了解与学习。

纪复对自己中国人的身份是有着深厚的认同感，他常说自己是拥有海峡两岸四地身份的中国人。他在中日战争父母避难澳门时出生，日本投降后回到祖籍地广东新会的小岛潮连度过童年生活，童年宅院巷弄追逐的玩乐景象记忆深刻，后来又出走澳门；在澳门读完中学后远赴台湾读大学，为他开启四五十年的台湾因缘，而他的父母及家人随后又迁移到香港居住。他常说，有幸是两岸四地的中国人，应当为中国人服务。

纪复在大学毕业后，在长辈的鼓励与协助下，争取到瑞士奖学金，在瑞士攻读当时算先进科技的高分子化学，就是现在普遍存在的塑胶及化学纤维，也就是所谓的石油化学产业。在瑞士读书工作多年后，他与几位在海外留学的好友，开始省思身为中国人在他乡与回归自己土地服务的价值意义。在港澳没有他所学的工业条件，而中国大陆又未开放之下，他选择了台湾贡献所学。

20 世纪 70 年代的台湾，随着工业与经济的发展，环境污染问题浮上台面，他的工作是重要源头，工作之外的时间，他除了关怀劳工之外，环境问题更是他关注的对象，在无法说动大老板的环境关怀下，他选择了离开，放弃他的专业。他说："一切从改变自己开始。"

环境污染的关怀行动，首先被关注而可以具体推广的是垃圾分类、资源回收，然而随着人们物质经济条件的改善及工业产品的大量生产，随手可弃的垃圾排山倒海而来。垃圾分类，资源回收只是在处理后果，是旁枝末节的碎片工作，他省思到，富足的物质经济下，地上的五毛、一块，人们不屑捡拾，而随着更多的欲望制造更多的垃圾；更何况整个大环境促进消费所提倡的方便快速，垃圾跟工业产品一体快速地加倍产生。

纪复从关注垃圾问题的源头，进而凝视在所谓工业文明下，人的生活是怎么一回事呢？人是怎么产出垃圾，如何降低人在生活中生产垃圾呢？简朴、自然、灵修的提倡，就是他省思下的实践。

《愈少愈自由》所谈的是"拥有的少"，在科技文明的今日，这样的生活态度，让一般享受科技呵护的人们很不安，甚至冷嘲热讽地反感，有如科技与简朴只有敌对的存亡选择而已，是吗？科技与简朴老死不相往来吗？纪复说，那是对简朴的误解——将简朴视为贫穷，只看外在物质状态的现象表层；其实简朴有更宽广更深层的价值意义，是对生命掌握下的选择，是深层心灵主体的意志展现。

在盐寮生活十多年，对盐寮物质的简约已经习以为常，甚至不觉得自己在过简朴生活。然而，2003 年开始，纪复怀着两岸四地的中国人身份，开始回归与反馈香港、澳门、中国大陆时，相伴相随的我，在面对繁华都会里目不暇接的商品，可以无所动心地穿越，不感到缺乏，反而感到自己的富足时，深刻浸润在他所说的“愈少愈自由”里，更清楚意识到简朴的自在、平安、幸福，这才是真正的“自由滋味”。

这些年到中国大陆来分享我们的生活，看着城市跟随西方所谓文明发展的形式，成为一栋一栋钢塑水泥的机械世界。水泥封死土地，空调封住房舍呼吸的门窗，人们乐享这样的牢笼世界。

同时也看着农村房舍的空寂，失去活泼的青春气息与希望。除了老弱病苦之外，有劳动力的人，望着城市的灯火，有着羡慕、无奈、无助的挫折。乡土的归属感，在这份挫折中几近灰飞烟灭，尤其是从农村出走的年轻人。

简朴、自然、灵修的生活，为生态环境的破坏，为物欲横流下的心灵空虚，为城市快速变动下的紧迫压力，为工业生产下的食衣住行所带来的身心灵健康问题以及城市文明所显现的刻板、单一的生存模式，提供省思的机会。到底生命终极向度是什么？只有城市工业唯一的选项吗？生活中，个人主体生命展现的空间都没有吗？可曾想过有什么是随手可以改变的呢？

现在智能型手机给人们的方便，拉近了远方的关系，却疏离了身边的人，对眼前的世界视而不见、听而不闻，心不在焉之下当然无从感受，无从关心所在的生活世界。人跟人的关系如此，人与土地的关系更是隔绝，人成为物质世界的中心。

生存的状态与心态是互为表里的，纪复所实践的自然、简朴、灵修生活，提醒大家拿回自己个人生命的积极主动选择权；有意识地活出个人所认同的价值与意义。盐寮生活物质所展现的“拥有的少”，必须做得到“需要的少”。纪复所提倡的“简朴生活”，不只是挑战人的生活习惯，更是挑战人的生命需求，甚至是人生方向与价值意义的调整。

纪复需求的少，有他自己很清楚的原则与方向，不是二元式的戒律，可以怎么样/不可以怎么样，或者简单的二分法，是什么/不是什么，有什么/没有什么。非黑即白的方式，是很容易跟随学习的，然而却很快就失去背后的精神价值与意义，而流于表面的形式。其实生活中无时不刻在“当下”省察，才是真正生命精神价值所在，才能展现生命的真实力量。这样的“当下”历程，必然会出现相同的事物，在不同的时空环境、不同的人物情境下，就有同与不同的取舍。不明就里的人，往往会以表象的结果，有所非议或论断，看不到其中所贯彻不变的精神方向与态度。

一个需求少又有原则方向的人，是比较能做到“有所为有所不为”的随遇而安。“随遇而安”让人认为随缘随和，但是加上“有所为有所不为”，就必须从佛教禅修强调的“当下”出发，就是从现时现刻的省察出发，而且清晰地在自己所认同的精神理念方向上。

生命理想的坚持与实践，也是必须立足在每一刻的“当下”，如果没有立足在“当下”，往往陷入意识形态的高调，或知识的论述，呈现假象的生命。“随遇而安”也必然要有“需求的少”为基础的；想想，一个需求多的人，又怎么能轻易安于所“遇”所“得”呢？“自由”就是这些点点滴滴累积而成的自然果实。

纪复经常在我过度投入处理事务中时，提醒我“适可而止”，然后要我停下来想想:“为什么而做？”“为谁而做？”“需求什么？”“界限在哪里？”“后果是什么？”“我是谁？”“轻重缓急如何”……

认识纪复十多年，十多年的朝夕相处，甚至有些形影不离，我的生命经历很大的洗礼。初始崇敬他“澄澈双眸里执着的灵魂”，忘我地一心一意跟随；结婚后，两人紧密世界中自我空间的需求，开始挑战彼此的价值与坚持，属于生命中那份相伴相随的浪漫，面临着种种的消磨与检验，这是彼此生命理想融合必经的过程。在这过程中，你来我往的争执不断，心情也波涛转折不已，纪复的坚持与执着，不动如山，而我即需无所遁逃地面对内在真实的自我。就在这样来来往往的激荡里，他的精神与执着，不知不觉地渗入我的生命，成为我生命的归依，这时深深地凝视他，不得不由衷赞叹属于他生命中“执着的灵魂”！

黄秀娟

写于2007年岁末

2013年8月于广西南宁修订

掃地修行
頓一頓
拿起放下
大海波浪壮
用水之道
寧惜福不浪費
簡樸修行

簡樸修行

简朴修行

简朴生活表面看与以前的乡村生活没有多大差别，同样是挑水、劈柴、烧灶、种菜、住木屋……从前因为贫穷、落后或科技没有这么进步，简朴生活是在那样的社会环境下的自然现象。今天到了二十一世纪，虽然仍然有贫穷、落后地区的人民过着简单的生活，但也有在富裕、进步社会中选择过简朴生活的人，这就需要深入一点了解才会知道原因。

愿意过现代的简朴生活多是自由的选择，这选择则是经过深刻的反省思辨才决定的，每个人的反省角度和出发点可能各有不同。

以前的人多从宗教精神或仁义道德出发，过简朴生活是为了自我修炼，刻苦是净化自己的过程，为的是更接近神圣无欲的世界，他们大多是出家修道人。另外有些是由官场退下，厌恶了争名逐利的社会，而归隐田园，过着清淡朴素的生活。

现在世界已进入了科技进步、经济发展、社会富裕的阶段，但仍然有贫富悬殊、不公不义的现象，于是有反社会的人群，离开这个不义社会，过另一种自然简朴的生活。还有一些新人类，因为看见科技、工业、经济等的发展，使得环境遭破坏、污染，而提倡过绿色、环保、

盐寮净土成立于一九八八年十月二十三日

惜福、简朴的生活，唤醒世人，以改变世界因过度发展而带来的奢侈、浪费、破坏、污染的不良后果，这是一种积极入世的精神、动机和做法。

在盐寮净土过的简朴生活正是由这种动机而起，并针对社会上各种奢侈、浪费、破坏、污染的根源而设计出生活的方式和内容，因此生活的每一个细节都遵循这个方向去反省和思考。因为这是经过深刻反省和思考才决定选择的生活方式，所以也是心甘情愿、无拘无束的，因此也享受到这种生活所带来的自由和乐趣。

简朴生活是自愿放弃名利的追求、物质的欲望、都市现代文明的方便与舒适；节制饮食，注意健康，惜物惜福，物尽其用。简朴生活是情愿地接受一些劳累与麻烦，激发潜能与创意。放弃多少，可没有一定的标准与方式，只是一个方向，不同的程度各按自己的自由意愿去选择。这种自愿与情愿是心甘的，所以就不会觉得辛苦。如果在这种心情下生活，再加上一点用心和耐心，每一生活点滴细节，就可以成为一种修行的内容，这种积极正向的修行就会结出快乐的果实，而且由修行还可以提升到修心修灵的最高境界，而获得心灵的自由、平安和喜乐。

（二〇〇七年八月十七日）

拥有愈少愈自由

自古至今绝大部分的人终其一生都在追求拥有，但大家都知道，一个人只要两手一摊，曾拥有的都带不走，很多人或早或晚都悟到这一点，而提出警惕，可是今天仍然不断有人在追求拥有，把警惕当做耳边风。

拥有究竟是什么意思呢？吃进肚子里的食物，穿在身上的衣服，挂在身上的饰物，拿在手中的钞票，放在家里的家具用品，车库里的汽车，存在银行的钱财，保险箱里的珠宝；观赏过一场电影，听过一曲音乐，参观过一次展览，看过一本书，经历过一次旅行；担任过某个官职地位，是某地方的知名人士，拥有某项名声头衔，等等。这些都可以说是拥有，有些是具体的物质，有些是象征的代替品，有些是印象记忆，有些是抽象虚无的东西；就时间来说，有些长久，有些短暂。

当人死了，上面这些什么都没有了。大部分的拥有都不再属于你了，如物质金钱；有很多会消失，如印象、经验；有少部分只留在他人的记忆中，如名誉、地位。有些东西是本来就客观存在的，如影音、艺术、文化、知识……你只是暂时欣赏得到，而非拥有，它们还是会回到本来创作它们的根源那里。另外有很多大自然的东西，相对于人

来说，是永恒存在的，你只可观赏它们，不能拥有它们。你的观赏不损它们任何一点一滴，只要不做任何破坏，它们就会完整无缺。

皇宫、博物馆的文化、艺术、宝藏你可以去欣赏，享受，但不可能拥有。大地、自然、风景你都可以去欣赏，享受，但更不可能拥有。欣赏是愉快的，欣赏之后是享受的，欣赏、享受之后都不必拥有了。

有一次在广告中，看到一个人买了一颗非常昂贵的钻石，好像很得意，但买了之后，怕人偷或抢，就把钻石存在银行的保险箱里，不敢放在家中，更不敢时常拿出来看。这一幕在电视上大家都看到了，那颗钻石也看到了，欣赏到了，这样就不必买了，也实在买不起。现在他把钻石收藏起来，看不见了，可是我已得到了那颗钻石的印象，只是放在那人的保险箱里而已。放入脑袋，不必放在口袋。

于是我进一步想，何必要拥有呢？更不必花钱去买，只要逛一次珠宝店，那些珠宝、钻石都已进入了我的眼睛，进了我的记忆里，不必买已得到了。我也看过别人挂在身上的珍宝，达官贵人也好，女皇夫人也好，那珍宝的光辉印象就成了我的，只是东西仍在他们身上，由他们保管而已。我也看过皇宫、贵族、富人的宝贝，不就跟他们一样拥有了吗？只是你拥有了印象记忆，他们拥有保管权，就由他们代为保管吧，何必费神担心呢？说实在的，我不会有兴趣去逛珠宝店，到博物馆也不会流连于珍宝之前，因为这都不是我所追求的。其实拥有可有可无，看见就有了，放下就无，我和那买钻石的人一样地拥有或不拥有，但我已放下了。

大自然有更多美景是宝贝，现在有摄影机、电视可以将它们送到你面前来欣赏，当然这有点虚幻，但总是给了你一个美好的印象。如果你想实际点，就可以跑到大自然、风景、山岳、河流、海洋面前亲近一番，加深印象。毕竟你无法永远与它们共存，只能一时同在，共享同乐，所以也无法拥有它们。无法放入口袋的拥有，却可以放在脑袋里、心里拥有，这不会改变它们，只会改变你自己，你会得到更多的快乐与自由。

有人花百万千万买珠宝来把玩，真正的宝贝是无法把玩的，高山、大海如何把玩？故宫的宝物如何把玩？也禁止把玩。只有次等珠宝才可以买回家把玩，但也是一时而已，就要放到保险箱里，不然就怕遭偷窃而忧心，反而不安不乐。

所以，快乐不是拥有的多，而是拥有的少，也是需要的少，更好是不拥有不需要，而且拥有愈少，就愈自由、快乐、平安，不必挂虑，不必担心，不怕人偷人抢，不必放保险箱，都在心里了。虽然很多人都知道，所拥有的都带不走的道理，但是仍然需要修炼，需要领悟才做得到。

上面其实是针对生活在现代都市的人所想到的情景，如果由都市跳到远离尘嚣的盐寮净土，就是另一种景象了。

我定的生活原则是：简朴、自然、灵修。这二十年来都根据这原则而生活。简朴就是追求的少，拥有的少、需要的更少；自然就是在亲近自然环境中，让生活无拘无束地自由；灵修就是省察生活后所得到的平安与喜乐。

盐寮净土是在海边，只简单地盖了几间木屋，材料很多是捡拾而得，当初构想时就带着开放的态度，没有层层的包裹，没有围墙没有栏栅，只有一根象征性的竹竿做大门，尽量依着环境的自然状态呈现。睡觉的木屋有门无锁，推窗就可以触摸到户外的绿树，真是夜不闭户，出不锁门。屋内的装饰是石头和书本，石头是海边随遇而拾得的，有时有所启发就写上几句美言嘉语；书本很多是来体验生活的人带来的分享，有关健康、环境、心理、灵修、宗教的，欢迎人欣赏阅读，就算有人拿走，也乐意给他，可能对他更有好处，我们的精神理念就可以传给他，不是失，反而是得。

住在海边，大海澎湃汹涌，随时可以走向它，海边静坐、迎日是很好的心灵洗涤；海滩上大大小小各式各样的石头，光脚踩踏在上面又是很享受的脚底按摩；大海的潮流从远近各处带来了形形色色的木材，有些姿态曼妙成为艺术观赏的好作品，有些是建筑的好材料，当然大部分是生火煮饭的重要资源。这其中生命的交流分享，无所牵绊，没有生活在其中的人，是很难想象的。

这里汲泉而饮，采野而食，自然、自由、自在又健康。庭院里依季节生长的野生植物，有些可观赏，有些可采食，有些遮风避雨；自然生长的植物不够采食，就自己开垦种植些；有时人多量大时，就到批发市场捡拾；考量长期营养均衡的需要，就会购买少许，例如芝麻、核桃、花生等。

挑水烧灶煮食，所用的水资源有天然的溪水、泉水、雨水，使用在洗澡、洗衣、洗菜、刷牙各方面，也将使用过的水回收用在冲厕所；这些用水已经占去生活中十之八九的需求了。早期盐寮的饮用水是山泉水，多年后发现有重金属的问题，让我们不得不放弃，现在只好向邻居原住民婆婆分享些许的自来水，我和我的太太两个人，一天用不到两公升。

俗话说开门七件事：柴、米、油、盐、酱，醋、茶，我们所需购买的只是米、油、盐。柴火储存在海边与自家庭院的树木；油和盐我们用得非常的少，需要量是以年来计算的；酱、醋不就是酸甜苦辣的味感吗？蔬果其实就是很好的调味品，加上时间的酝酿，可以转化出各式风味来，以前物资缺乏的年代，老妈妈的巧手不就是如此吗？关于茶，盐寮一般只喝清水的，若想要喝茶，只要翻阅药草书或询问有经验的人，就地取材，就有享用不尽的青草茶，甚至能强身健体。

我的衣服只分冬夏，无论哪个季节，都只需两三套就足以应付过去，反正就是脏了洗，干了穿，不必烦恼什么。有时烦恼的反而是人们以为我们需要衣服，送来一堆旧衣，或者刻意忘了带走留下的东西，必须花点心思转送到需要的人手中，才不会浪费，而能物尽其用。这样简便的穿着，睡时是什么衣服，起来也是什么衣服，轻松自在；出门不需要更衣化妆，随身带几个塑胶袋或餐盒就可以了。我的鞋子有两双，夏天的凉鞋，冬天的包鞋，都是别人不要，但还可以穿的，往往穿三五年都没问题，有时有些许损坏，就自己缝缝补补一番，又可以穿一些时日。就算出远门也没有多大的变化，一样的衣着，一样的数量，只是改用一个较方便的背包而已。

最近我常到香港推广盐寮的简朴、自然、灵修生活，我的父母及弟妹都在香港，我甚至不需要带什么衣物出门，有需要时翻出父亲陈年的老旧衣物，足足有余。对很多人来说，穿已去世的人的衣物多少有些忌讳，对我来说，不只是简朴，还感觉到父亲的精神长存。

我的简朴原则是尽量简单自然，盐寮没有镜子，因为我不需要梳头、剃胡子，也不需要刻意妆扮，更没有手表、装饰的累赘。洗脸、刷牙、沐浴都用最自然的方法，到溪涧里愉快地享受，没有肥皂、牙膏、面霜等的繁杂需求。

至于交通工具，最初我们有一部旧车，开到哪里就放在哪里，不需要上锁；后来车子老旧报废，朋友借我们一辆老爷车，出远门就归还，轻松自在。没有车的时候乘公车，更方便的是搭顺风车，考验一下自己的耐心、交际应对、求助处事的智慧。

其他所谓现代化的设备，绝大部分我们都没有，像电视、音响、电脑、冷气机、洗衣机、抽风机、电炉、瓦斯炉、微波炉、烤箱、果汁机……电脑在今天的生活中，成为人们生活很重要的资讯来源与联络工具，我们为了与远方朋友方便联络，也有e-mail，不过，我们特别与朋友申明，不定时才会到图书馆或朋友家看e-mail；盐寮刊物的编辑，也是在需要时短暂地借朋友的电脑使用。

生活里只有几件与电有关的需要：电灯，为室内户外照明；电话，为与来体验的人联络；电冰箱，为保存食物不致变坏，但是小小的二手冰箱，不致贪心而储存太多；一台小而旧的收音机，了解台风的情况。有时我们外出一段时间，也不用担心这些东西会失窃，所以真是自由无忧的。

其实这些生活细节是经过一次由头到脚彻底的省思而决定的选择。在简朴中不去拥有太多，反而是需要的愈来愈少；在不怕任何的失去时，反而就愈来愈自由与平安；在日积月累的修炼中，就感到愈来愈多的快乐。这真是难得又自由的拥有与修行！

（二〇〇七年十二月三十日）

宁惜福不浪费

盐寮生活的很多原则中，其中一项是“宁惜福不浪费”。民以食为天，就先从吃方面谈如何落实和对自己的身体的挑战。

煮食尽量简单不过多，不只花样不多，数量也不多，人多的时候最多三菜一汤，人较少时，尽可能煮一品锅，或者大锅面，而且尽量吃光，我一个人的时候，常是煮一顿吃三餐，省时又省工。

最近写了一串顺口溜，重点在吃得健康、惜福、不浪费与节制：

吃饭吃多少
每顿七分饱
吃多少拿多少
拿多少吃多少
不浪费是最好
吃光光那更好
中午吃得多
晚上最好少
宁可吃得少

不要吃太饱

多吃会疲劳

少吃身体好

为发扬惜福观念，我们时常到批发市场捡菜，将菜贩果商卖剩或外表有点瑕疵的果菜捡回来，清洗处理后就可食用。一般来说，果菜常只是过剩或碰伤而被丢弃，过了季节或有少许腐烂的，其实也不会有大问题，我只遇到两次比较严重的情形，为了不浪费的原则，我还是吃了，挑战一下自己身体的承受能力。

有一次在市场捡到一些水果，破损的部分切去，其余的部分仍可以吃，而且更为甜味。其中有一根香蕉过熟了，皮都变黑了，但因为不忍丢掉，我就把它吃了，不多久，肚里感到不对劲，马上要跑厕所大解释放，稀里哗啦一阵，拉了之后，肚子里就舒畅无事了。身体就是有自动调适的能力，不合适的东西进入，它自然会应付、排解。

又有一次，在市场拾到一罐全新未开的巧克力花生酱，时间好像过了期。食物的有效期常是较为严格注明，不过根据经验，过期时间不是太久，是无伤大雅的。打开罐后，看起来闻起来没有异样异味，心想，好端端的一罐甜酱就此丢弃，可惜。于是我就用来涂抹馒头，或拌面来吃，吃了一天，肠胃没有感觉任何不适，第二天，第三天也没有问题。内人秀娟一直有点担心，劝我不要吃，但是她知道我的坚持，我吃了三天都没有问题，只觉得她杞人忧天。第四天继续吃，但不知何故，开始肚痛、拉肚子、呕吐，晚上还发高烧，猛出汗，直觉奇怪，前几天一点事都没有啊，怎么今天才有反应？是不是真的过期太久了？或者储藏不妥？或者有其他原因？

这也无奈，既来之则安之，兵来将挡，于是搬出护身看家本领，十八般武艺，而且有秀娟助阵，由脚底按摩、胃肠按摩、刮痧、穴道拔罐、尿疗、断食、喝水，最后休息，并且反复为之。一夜高烧、冒汗、胃抽筋，拉肚多次，全身虚弱无力，等到天明还拉了最后一次，并倾囊大吐而痛快！接下来的一天完全休息，喝水，断食，晚上就没事了，神奇吧！

这真是一次很好的挑战与历练，不是我故意找的，而是因它出现在我面前，是一种缘分，我就秉持宁惜福的原则接受，让它考验一下自己的身体应付能力，终于我能克服了，是我的信念、信心够坚强，更是我的信仰助力够大，感激不尽！

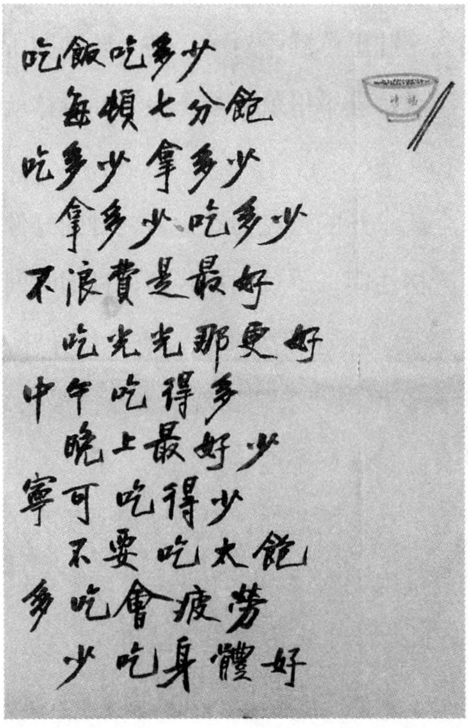

其实我们要相信自己身体有调适、治愈、克服疾病的能力，只要经常自我锻炼，自己负责，加强信心，依靠自己相信的一种无上力量，不要动不动就把自己的身体全交给医生，好像自己完全无能似的，当然要做到这样是相当大的挑战！

另外一个宁惜福不浪费的例子，也是有关吃的方面。在盐寮我们吃素，都有充分正当的理由，不是守戒律的方式。但偶尔出外与朋友或亲人相聚，不会勉强他们也吃素，只是各自吃自己喜欢的东西。可是常会因食物过多而有剩，这是大家高兴时难免的现象；我出外吃饭总会带盒子，将剩的食物全部装回家；如果有肉类，则鼓励亲友他们带回去，但不勉强，以免弄到气氛不好。万一没有人要带回家，我就会把肉类也装盒，不让它被丢弃而浪费可惜。如果剩菜数量很少，我会在最后时把它吃掉，总是宁惜福不浪费。这时我是抱着一种别人不易了解的心情修行，我不是因满足食欲而使一个生命受伤，甚至死亡，但如果一个生命已牺牲了，我希望它的牺牲有更高的价值，并带着感恩的心。看见的人可能会以为我怎么吃起肉来？多数他们不会问，我也不会主动解释，就只让事情过去，放下，心安理得。这种修行不是表面这么简单，在公众面前往往会引来误解，或误导别人，要有慎重的态度。

其他并非与吃有关的事情，就不是一下子谈得完的，如用水、用纸、面对垃圾等，这些留待在其他篇章再谈吧。

宁惜福不浪费不是容易接受的挑战，更不是容易实践的修行。它挑战着我们的食欲和身体，它更修炼我们的意念和决心。当我们接受这挑战或实践这修行的当下，要有很清楚的意念：我们在做什么？不是为了满足某种欲望。又要有很坚强的决心：我为什么如此做？我有决意又有能力完成这事吗？这种锻炼有时可以尝试，或者有机会来时可以接受，但不要太过频繁，适可而止，节制而为，不可滥用，不然会消耗浪费太多自己所存的能量。但修炼之后，就会有更大的能量进修其他的功课及帮助别人。

（二〇〇七年八月十日）

物尽其用

物尽其用是中国自古以来的传统美德，是惜福惜物的延伸，是不言放弃的坚持。一衣一物、一瓶一罐、一分一文、一粥一饭都应物尽其用，加以珍惜，不要任意抛弃。衣服父传子、母传女，瓶罐都留下装盛其他物质，分文用到极致，剩菜剩饭喂猪喂狗，一笔一墨代代相传，成为传家之宝。所有零零碎碎的东西：一木一钉一针一线都会收集起来，放在杂物箱里待用，有人还叫这个是八宝箱呢。

其实任何东西不要用时都要想：今天不用，是否明天会用？自己不用，是否别人可用？想过之后，就应该把它留下来，等待明天，或送给合用需用的人，这也表示抱有希望的意思。

以前社会穷困，物质缺乏，大家都会如此做，别人也愿意接受。今天科技发达，经济发展，社会富裕了，工业制品太多了，而且特别设计成速用速弃的材质及产品，用一次就丢弃；或者只有部分损坏就整个换新的，因为新买比修理还要便宜。现在很少人愿意用旧东西，更不要说是别人不要的。于是大家养成用完即弃的习惯，物尽其用的精神已荡然无存。现代“用完即弃”实在是以前“物尽其用”的极端相反，是资本主义、消费主义、速食文化放纵造成的罪衮。

用完即弃使人习惯了奢侈浪费、污染环境、不负责任、不珍惜事物。物尽其用教人培养出惜物惜福惜缘的美德，简朴节俭，脑筋灵活，谦逊有爱心。首先要有一种惜物的态度，就是视所有东西物质都是可贵而值得珍惜的，要尽量使用它的长处好处；惜福是珍惜有任何东西可使用都是上天所赐的福气；惜缘则珍惜每件东西来到面前为自己使用的缘分。物尽其用，用的是至少用过一次的东西，虽然是旧的，但不要有高傲、嫌弃的心态，而愿意接受它，把它看做仍是物质资源可以利用的。

实行物尽其用需要有一些基本常识，每件东西或某些材料可以做什么用途，都要清楚。比如一个瓶子、一个盒子、一个袋子……可以用来装什么；然后要用心细想，如一张纸、一条绳、一块木……这些材料如何用法。最后还要有创意的思维，才能发挥物质的最大用途或平常看不到的功能，如水果的皮可以发挥成艺术品，就是吃果艺术；一支竹可以创造成乐器；一些碎布破衣也可以编成美丽的灯饰……都需要灵活的脑筋才想得出来的。

物尽其用，另一个可以发挥的方向是依物质的特性及“能趋疲”定律来思考。“能趋疲”意思是任何物质的能量会依其使用时间长短或次数多少而逐渐降低。物尽其用的用意就是努力使它的能量降低速度减慢，像干净的水能量最高，可以饮用；用来洗身洗手能量降低了一些；洗身洗手后的水留下来可以洗抹布；然后还可以洗地洗厕所。这样一来，干净水的能趋疲慢慢下降，不至于一下子就用来冲厕所，价值降到零。又如大件木材可以建屋，余下的小件木料可以做家具，再小一点还可钉一些小板凳，零零碎碎的木块稍微细心加工研磨就可以成为积木玩具，最后木的碎片还可以烧火生热，一根木材由大至小，没有一点浪费。纸张的使用更要用心，首先看纸的材质用到适合的用途上，不要将漂亮的纸用做计算或草稿纸；纸一面用过，反面还可做次等用途；双面都用后，起码可以回收为原料再制纸，太脏的或可在烧灶时生火用。纸张为书写用有时还可先写铅笔，后写圆珠笔，最后写毛笔，用到极致。纸张的使用我已可以达到淋漓尽致的境界，在《垃圾兄弟》一文中有更详细的描述。

其他一些日用品要到物尽其用的程度，需要很用心。例如一管牙膏用到挤不出来了，只要将软管剪开还可用上一阵。很多厨房酱料倒不出来时，只要加少许水稀释，就可彻底用完，后来清洗瓶子也方便，这其实是人人都做得到的，只要有点滴皆惜的精神。

盐寮净土创立之初，我们就照着物尽其用的原则生活，无论是木材、铁丝、电线、绳子、钉子、袋子……都留了下来，等待需要的时刻再用。有时我们还捡拾别人丢弃的东西回来使用，有旧家具、榻榻米床垫、被子、枕头、拖鞋、衣服、水桶……应有尽有，甚至市场菜贩丢弃淘汰的蔬果，都成为我们长年的食物，这种“市场捡菜”还成了我们特别的修行项目，对我们自己而言是获得了生活的所需和惜福，对别人则是解决了他们处理这些东西的烦恼，进一步更是为他们想丢弃食物的不安而解困与积德。

物尽其用，个人有时的确难以做到，但是社会却可以成立二手货跳蚤市场帮忙解决，世界已有很多城市设立，并有一些慈善机构收集旧物，可惜香港还未出现，每当看见街上堆积不少相当新的家具，没有人要，令人觉得可惜。

物尽其用，不是一种无奈的处事待物态度，却是很有积极正面作用的行为。物质如何能用到尽其功能，需要用点心思与技巧，是别人的东西不要嫌它旧；是自己的东西要好好疼爱、珍惜，而且还要有慧眼禅心才会发现或发掘出可用的方法来，再有智慧才知道如何好好使用它。这些都是修行的一种。如果有艺术眼光，又有创意，物尽其用就更能发挥到尽致了。循着这方向去想，并延伸到人时，人也能尽其用，就不会有人被遗弃而成废人。于是我就得到下面几句结论：

物尽其用　废物利用

人丢我捡　人弃我用

人皆有价值　物均有功能

地上无废物　世上无废人

（二〇〇七年十一月十八日）

化腐朽为神奇

用今日的话来讲，就是“将垃圾变成宝贝”。这是可能的，只要你用心，又有创意，就能做到，而且还是一门创意教育的好课题，更是一个新鲜的修行项目。

要练习这课题可以由“废物利用”开始。废物就是垃圾，别人丢弃的东西。如何利用呢？可以直接捡起来就用，因为别人丢弃，有很多还是有用的，或者是好好的完整的物件，比如一支笔一张纸。有些需要稍微处理一下，如一件衣服一个袋子，需要清洗干净。有些则需要动动脑筋才知道如何用、用在哪里，如一块木板需要裁割适合才能用。还有一些东西大多数的人都会放弃或嫌弃，这就需要会动脑筋，有创意才用

得上，如用过的筷子、吸管、绳子、纸盒、瓶罐等，如果你只是将它回收分类，卖给收集商，这是最基本起码的利用而已。现在就需要进一步到“物尽其用”的境界。

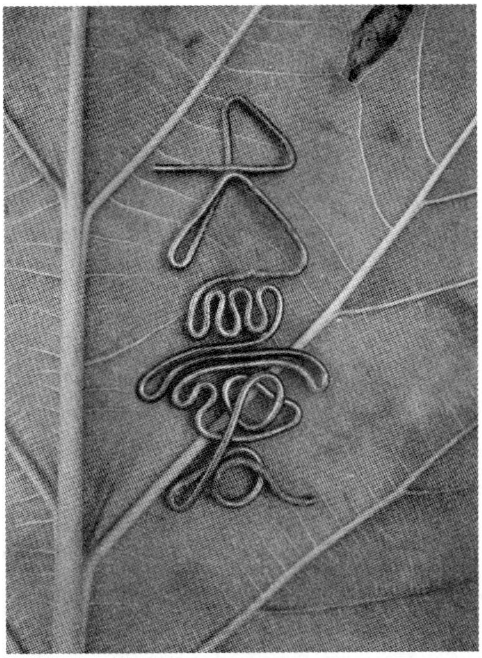

“物尽其用”先是不把任何东西当“废物”，它是有用的“物”，可能一时不知道如何使用而已。首先需要收集起来，不使它零乱污染，好好存放着，等待时机或想到用途时尽量利用。就像一些木板木条、布块、单面印刷过的纸张、纸盒……它们都还是材料物质，只要有一点专业知识和技能就会应用，但最重要的是有意愿去用它。

“化腐朽为神奇”就不是那么简单了。不单要知道怎样用，用到什么地方去，有时还要创造出一些新用途来。有些学校的美劳课老师特别教导启发学生创意，用一些饮料瓶罐、木竹筷子、纸盒、吸管……来创造艺术作品，学生大都喜欢。有环保意识的艺术家更是乐此不疲。

每年的耶稣圣诞节，在有菲律宾人的地方，常会看见他们用那些瓶瓶罐罐、筷子、胶绳等物制造灯饰，每个不同，各具特色，很是可爱。或者像有人在海边捡到一些漂流木，组合成各种艺术创作，令人欣赏。艺术品毕竟少量少数，所能消化的物质有限，为“废物利用”“物尽其用”

尽一番力，还是九牛一毛而已。不过为训练学生的创意，发挥人的艺术天分还是值得的。

我在盐寮净土开创期间，就常到外面捡拾别人不要的东西回来使用，做建屋材料，做家具厨具，市场捡到的果菜则做食物……一点都不浪费，就是循着废物利用、物尽其用、化腐朽为神奇的步骤思路去想的。有时我到了都市，看见那么多仍然好好的材料物质被人丢弃，实在可惜，但自己又捡不尽，用不完，不知如何是好。鼓励更多人愿意去捡拾使用是一种好方法，其次就是自己尽力而为，做多少是多少，把它看做是一项修行，而不是使命。

我常看到很多包装纸盒，图案花纹美丽，为吸引人去购买，可是目的达到后，就被丢弃一旁，很是可惜，于是我都会拾起来，耐心地裁剪一下，就是一张张美丽的卡片；再用心写一些勉言励语在上面，更是很好的礼物，送给朋友，人人喜欢。这些大大小小的卡片不只做礼物送人，还可以做我在分享演讲时的漂亮道具。还有厕所卫生纸的卷筒，很多人都觉得它污秽无用而丢弃，其实它是清洁白净的，写上要说的话后，很能吸引人的注意目光，也是很好的媒介工具，不过在圆滚的小纸筒上书写却是不简单的技巧。

还有很多不起眼或被人遗忘、遗弃的东西，只要用心观察，启动创意，到处都有化腐朽为神奇的可能，也是随时可以修行的机会。

（二〇〇七年七月十三日）

弯腰捡菜

市场捡菜是盐寮简朴生活体验的一门必修课，也是相当具挑战性的体验，但大部分的人都能通过。

盐寮净土初期的一个暑假，由中途之家来了十多个青少年，要住两个月，希望在体验中能变化气质，修正行为。为了供应十多人吃饭，我们自己种的一点点菜当然不够，需要时常上市场采购较大量的食物。有时加上其他的人，所需食物就更多，于是由小市场到大市场，再由大市场到批发市场去购买。后来发现批发市场有很多被丢弃的蔬菜水果还是好好的，我们就不再购买，而捡拾回去做食物。从此之后，我们每个星期都会到批发市场去捡菜，而成为一项定期的功课。

初时我觉得这是一种惜福的体验，尤其是告诉青少年，不要让食物浪费掉，我们需要食物，捡菜不必花钱，何乐不为？后来经过深刻的反省，我认为这种市场捡菜是很好的修行过程，所以每个来体验的人，我都会制造机会让他们亲身体验一下。每个人事后分享，都感到这种体验非常难得，难忘又深刻，对人生更有很大的影响与启悟。

果菜批发市场在比较远离市区的地方，需要有交通工具，平时来体验的人都不少，幸好我们有一辆旧的九人座中型车代步，每次都坐满人出发，载满果菜而归，开心愉快。批发市场为供应零售小贩，主要拍卖整批的蔬菜和水果，是一箱箱一篓篓的，很早就开市，十时左右就结束，所以不可太迟出发。另外也有一小摊贩区，收市较晚，也有剩菜可捡。

菜农将蔬菜运到市场后，还要加以筛选，将外层或有残缺的菜叶剥掉，有一点熟烂的瓜会整个不要；水果商由冰库拿出水果，稍有瑕疵或过熟的也一样丢弃，这是为了要保持卖相，不然到了零售商时情况更差。于是每天都有一堆果菜要淘汰，加上装运果菜的纸箱、竹篓、胶袋、发泡盒等，随处随地都是，就成了堆积如山的市场垃圾，最后由推土机、压缩车搬运，送到垃圾堆置场，既污染环境，也滋生病菌，成为公害。

在市场看到这种情景，第一个感觉是脏乱，第二是浪费。这么大量的果菜弃物，如果分开处理，至少可以变成肥料。其实很多还是好好的东西，捡起来吃，一点问题都没有。因此我们就挑选比较好的、完整的、新鲜的、干净的，回家后再清洗、处理，烂的部分切掉，就是很好的食物。每次捡菜之后，有这么多免费的食物，实在应该感恩；也觉得自己做了一件有意义的事，对别人则有示范教育的作用。

市场捡菜，对绝大部分人都会有点心理障碍，而不敢尝试，所以首先需要一些心理准备：我们去市场捡菜不是因为没有钱买，也不是因为贪心免费，而是为了不要让好的东西丢弃而浪费，是惜福的行为。有了这种心理建设，就能面对别人的奇异眼光，对自己也有信心，是在做好事。捡菜另一种积极的意义是减轻菜贩果农因丢弃浪费而产生的良心不安和罪恶感，其实他们也是无奈的。

捡菜另外一件令人担心的事——这些果菜卫生吗？对身体好吗？当然这需要有分辨能力，正如去市场买菜一样要具备常识。果菜残破得很厉害当然不要捡；蔬菜如果是用大量农药种出来的，会鲜艳夺目；菜叶有虫咬的洞洞，说明农药很少；水果也有相同情形，但如果是因过熟而局部破烂，甚至有虫生长，就不必担心农药，反而完好的部分会更甘甜。

有时水果过了季节，或者盛产丰收时，会大量剩余，甚至一箱箱地被淘汰。这时要特别感恩老天的赐予，且慷慨地与他人分享，或者可以制作果酱，慢慢食用。

在捡菜的时候，还有一种需要克服的困难，就是要弯腰、蹲下，在看似脏乱的垃圾中动手，找寻还好的果菜，这对住在都市、娇生惯养的人是最难为情的事。如果这一关也过了，那就得道了！

所以，市场捡菜是一项很好的修行课程，需要有惜福的心态，需要放下身段，需要忍受别人异样的眼光，需要谦卑，需要弯腰蹲下，才会在脏乱中获得宝贝，更需要感恩，需要与别人分享。这样就会开心愉快。

（二〇〇七年三月十八日）

素食修行

素食，以前是佛教出家人、修行人的专长，是不杀生的戒律。现代除了佛教徒，还有很多犹太教、基督宗教及绿色环保人士提倡素食，理由不只是不杀生而已，很多是具有正面、积极、多元的意义。

在盐寮净土，我们也推行素食，在我认识、研究、了解、思索各种理由原因之后，更强化我的素食观念。在盐寮的自然环境中，素食是很自然的事，只有在离开盐寮外出时，因环境情况的不同而需要有坚持的修行，或者需要有随遇而安、宁惜福不浪费的弹性。

素食的人口愈来愈多，推广的团体也愈来愈多，谈论素食的书籍也到处可见。综合起来，加上我自己思考到的原因，可以列出下面十四点：

1. 天造地设：人的身体结构与草食动物较接近，没有利齿，胃酸较弱，肠子较长，这是自然生成的。
2. 顺应自然：在创世之始，上天造了含有种子的蔬菜、水果，赐给人类做食物，有种子就是生命可以延续。那时人可活至八九百岁。(创世纪一章二十九节及五章)

3. 营养充足：蔬果中含有人所需的各种营养成分，只要多样吸取，就不会缺乏，而且还会提升人的转化能力。
4. 健康长寿：素食是吃新鲜多样的蔬果，而不吃动物尸体的腐败废物、病虫细菌、情绪毒素，因而可避免很多无法治愈的现代疾病，反而生命耐力十足，健康长寿。
5. 修行自约：素食不只是不吃肉而已，还要简朴清淡、节欲不贪。烹饪简单，少油少盐少糖无辛辣，不要煎炸炒，最好生机进食。素食的进级修炼，就是节食、断食、绝食，这会产生无限的力量。
6. 性情温良：简朴、清淡、节欲、不贪的素食修行的结果，是有助形成不疾不徐、不争不怒、不对抗、不暴力的善良性格。
7. 慈悲怜悯：人因有慈悲之心而不杀生、不造孽，也因要积德、还愿、去业而素食。
8. 爱护动物：人类与动物都是上天所造，要有手足之情，关怀爱护，不忍困养、虐待、伤害、杀死，素食可修得以上的正果。
9. 关心穷人：简朴清淡节欲的素食，能与穷人感同身受，进而积极推广爱心，节约济贫。
10. 解决饥荒：种植蔬果比喂养动物如牛羊等，可节省十多倍的谷物饲料，用来济助缺粮地方的人，则可解决世界部分地区的饥荒问题，这是爱德的延伸。尤其在富裕国家的人，一人吃一餐素，省下来的粮食，就可以喂饱十多个贫困地区的人。
11. 净化空气：多种蔬果，可吸纳多余的二氧化碳，改善空气品质；减少动物排放废气，可改善由此造成的温室效应、气候暖化，尤其是牛的屁产生温室气体最严重。

12. 净化水体：吃素不吃肉，可减少动物粪便的排放，避免污染下水道、河川等各种水源水体。尤其是南方猪的粪便污染最严重。

13. 保护森林：素食就少养牛羊，可免大量热带森林被砍伐而开辟成牧场，森林愈来愈少，就会影响气候的调节，改变自然环境。

14. 维持生态平衡：推行素食就可以大量降低禽畜的饲养，减少人为破坏、干扰动植物在大自然的生态平衡。

以上各点还可以归纳为三大类：一至六是利己的素食原因，七至十是利他的原因，十一至十四是保护生态环境的行动。所以素食有非常充分的理由，这些理由也成了很多素食修行者的动力。

素食的人不一定都想过上述的所有理由原因，有些人可能只由某种因素出发而进入素食者的行列，这些因素或动机又可分为：因宗教持戒而素食，因医疗健康关系而素食，因追求绿色自然的生活而素食，因关心生态环境而素食，因爱护动物而素食，因关怀穷人而素食，因为要发挥爱心而素食，因修行而素食，不一而足。既然决定了要素食，就要坚持与贯彻才能收到效果。

最初的人类是素食的，现代的人经过反省之后，重新实行素食。将来要实现的大同世界，新天新地，连狮子、老虎、豺狼都是素食的呢（依撒意亚先知书 \ 以赛亚书六十五章二十五节）。

（二〇〇七年十二月十二日）

顿一顿

顿一顿，就是停一停，不要急，是我在吃饭时悟到的道理，也是人生修行的一门功课。

大部分的人每天吃饭的时候，夹菜、舀汤都会粗心大意，将菜汁、汤汁滴落在桌上，有时甚至滴到衣服上，弄得到处脏脏的，事后要擦要洗，麻烦一大堆。但是，弄脏桌子，饭后擦桌子好像是理所当然的事，从来没有人抱怨或生气，因为自然有妈妈、佣人去做；妈妈、佣人擦桌子，好像也是理所当然的事，也不会抱怨生气，因为这是吃饭的一部分工作，就跟收拾碗筷、洗碗、洗盘一样。只有那些爱干净、有洁癖的人才会马上擦拭，或提醒家人小孩要小心，不要弄得到处脏脏的，但也没有什么很好的办法。如果弄脏了衣服，大多数人都会立刻擦一下，或者马上清洗，因为衣服比较珍贵，也难洗的缘故。

很少人会深入思考：如何避免让汤汁滴落桌面。更没有人会去反省这与人生有什么关系。

在盐寮，我经常提醒来体验的人，夹菜、舀汤不要急，不要太满，在菜盘、汤碗上等一等、停一停、顿一顿，待汤汁菜汁碰到东西滴到菜盘中，然后才把汤菜放到自己碗里；而且要将自己的碗靠近，不要

飞象过河，更好是拿到菜盘、汤碗之上，这样菜汁汤汁就会滴回盘碗中，而不会落到桌上。其窍门就在这“顿一顿”的功夫及“以碗就盘”的秘诀。

另外一种避免菜汁汤汁滴到盘碗之外的方法是：一手夹菜或舀汤之后，先顿一顿，然后向上提起，在菜盘汤碗上停留；另一手则拿着自己的碗由侧面横移，到先前夹了菜或舀了汤的上手的下方接住；这时才将上手拿着的汤或菜放到自己的碗里，就算仍有汤汁下滴，都只滴到自己的碗中，而万无一失。这方法还可以训练左右手的分别动作，一手上下升降，另一手左右移动，这也连带训练左右脑分开思考，平衡发展，一举数得。

人的生命中，也需要这“顿一顿”，才不致糊里糊涂，掉落一地的憾事，带来一大堆的烦恼。不要太满也有同样的效果，因为满招损，谦受益；同时也深含着事事有余地，万物有其专属的独特性，不可能满全。这“顿一顿”功夫就是慢下脚步、停下来反省回顾，到山上、海边或偏僻安静的地方，或者就在你当下的所在，静一静、放松身心，用心去审视一下当下的自我，体察一下自己的内在感觉，反省一下自己的人生路向。

现代人常感到生活的忙乱、烦躁、压力……事情安排得太满，没有时间休息，生命冲得太快，冲过了头，没有机会停下来审视反省、调整方向、重新规划。

天主教有避静退省，基督教有退修，佛教有打禅打佛，都是这种“顿一顿”的功夫；有人每一两年就会操练一次，一次的操练有一天两天三天七天的，甚至有一个月一年的。在一年中抽出三五天实在不算多，在一生几十年岁月里，停下来一年半年也不算长。这种“顿一顿”的静修，要及时，要在一天的当中，一年的当中，在一生的当中，尤其要在成年的时候，不要等到生命将要结束的时候才想到，那时可能就太晚了。

我在四十二岁的时候，就放慢了自己的脚步，放弃了工作，停了下来，出外云游旅行，“顿一顿”就五年。四十七岁得到彻底的领悟，另选一条更正确的道路。在盐寮六年后，我又停下来一年，到世界各地参访。曾去法国一个以非暴力改革社会，又崇尚自然生活的团体“方舟”，他们每天在工作时间中，每小时都会敲钟，提醒每一位成员，将手边工作放下，走到户外，闭目静默一两分钟，回想与反省，想想自己当下在哪里？做什么？常常清楚自己的当下情况，而不会盲目与混乱。另一个“生命之母”团体，成员都在社会上工作，他们每天早晚都会停下来一小时静默反省，一周有一天独处，一年有一个月静修，十二年要隐居一年，他们“顿一顿”的功夫真是到家了！

你能否有在吃饭时“顿一顿”，在一天里“顿一顿”，在一生中“顿一顿”的功夫？

（二〇〇七年八月十日）

最后一滴

来盐寮体验生活的人，在吃饭的时候，我常常会提醒他们，舀汤夹菜要注意“最后一滴”，不要滴到餐桌上，以免弄脏餐桌。

以前我认为这虽然是生活的小事，却是餐桌环保的第一课，进而是一种日常的修行。最近我还想到这更是人生最重要的一课。

平常绝大多数的人，吃饭时都会把漂亮的、完整的汤菜拿到自己碗里，只要达到目的，就不会细心地顾及其他剩下的碎片汤汁，它有时是留在筷子尖上、汤匙上、碗边或盘边的最后一滴，动一动就会滴到桌上，碗盘移动时，汤汁就会跟着扩大污染，因此带来一连串的擦拭、清洗的工作，增加麻烦。吃完饭，收拾的人（也可能是自己）就把碗盘中剩下的碎片汤汁倒掉，再清洗，又是一种浪费。

另外，倒油倒酱时，大部分的人也粗心地不管倒完后，留在瓶口的最后一滴，任由它沿着瓶子流下，流到瓶底，放瓶子的地方就会有一个油印酱印，瓶子再移别处，就会到处有油渍酱渍，瓶子又会惹来蚂蚁蟑螂……这就是连续污染的来源。

我曾想到，那些大老板大经理吃饭夹菜大概都是如此，不管什么最后一滴不最后一滴，因为自会有人为他收拾清理，这种观念就是造

成今日许多工厂企业的废水废气废物乱倒乱放，污染环境的原因。

所以，“最后一滴”的处理很重要，在汤汁、酱油流出之前，就要用筷子汤匙或什么东西贴近瓶口，将汁液垂直引到要盛装的地方，直到最后一滴为止。这时一手将汤碗酱瓶向上仰起，另一手将筷子汤匙向下切离；如此将最后一滴处理好，才不会带来污染及很多后续的工作，轻松愉快。

现在有些瓶子的制造厂已注意到这问题，设计出小口薄嘴的瓶子，因而避免了最后一滴污染的后遗症。扩而大之，工厂企业也要为那些以为不重要的废弃物的处理设想周到，不要由于不小心不经意而污染了大家的环境，带来一大堆后患公害。

人生也有“最后一滴”，这一滴就是人生最后的总账、世俗的事务，对子女的交代、为人的操守、灵魂为来生的准备。如何处理这“最后一滴”也需要反省思考，很多人不会处理人生最后的时刻，就会带来痛苦与遗憾。

这一滴其实也不一定等到人生尽头才来处理，而是要随时随地，每年每月每日地清理。每做完一件事就要清清楚楚、干干净净地结尾，不留污点，不积烂账，不拖泥带水，一年有一年的总结，一月有一月的月结；每天完了，临睡之前也需要为一天的生活反省。西方有“不要含怒到日落”，东方有“吾日三省吾身”，那就更彻底了。

现在有不少人在年纪还不是很老的时候就立下遗嘱，交代清楚后事。天主教徒、基督徒常有退省退修的灵修活动，也是反省人生何为，默想死亡，早做准备。

人不一定活到百岁，有些人年纪轻轻就走了，尤其是今日天灾人祸特别多，人生的尽头什么时候到来，没有一个人能有把握，所以处理这“最后一滴”的心态要随时准备好，好使人生结束时无愧无悔，不留遗憾。因此，“最后一滴”看来好像是生活里的小事，实在是人生的大事啊！

（二〇〇七年八月十日）

随时集中

在餐桌上还有一项修行的功课，就是“随时集中”，这是很多人都会疏忽的，但是对人的生命也会有不小的影响。

很多人吃饭的时候，都会优先夹取自己最喜爱的食物，这本来是人之常情。但是如果他只取同一样，而且不加节制，更不理会别人的需要，无限度地一味取来吃，这样自私的做法，一来对自己不好，二来对他人不够关心照顾，而有所缺失。

此外，也有很多人在一盘菜中夹了自己要的部分之后，就不理会盘上东西的状况；不同的人夹取不同的食物，结果盘上就会东一堆、西一堆地分散开来；有人用汤匙舀菜，都是由中间向盘边舀起，食物就会向盘的边缘溢出，甚至零零散散地从盘边掉落桌上。有人认为掉到桌上的东西是不卫生的，就不会把它夹起来吃，任由它留在桌上而成为污染及浪费。这样的人吃饭后，多半是把筷子一放下，就离开，不会整理一下碗筷，于是桌上杯盘狼藉、东倒西歪，等候收拾餐桌的人来处理。

我常常看见这样的情形，也时时思考为什么会如此，如何可以改变，再加以观察其后果会是怎样的。后来发觉，在餐桌上吃饭如此任意取舍、不加整理的人，在日常生活和在做事为人时，也是不会注意条理、次序、整齐的。

所以，这方面要修的功课就是：夹菜之后要注意"随时集中"，将菜盘里的食物用公筷集中于盘中间，不致散乱分开；或者用汤匙舀菜时，由盘边舀向中间，使食物始终留在盘的中间，不会跑出盘外掉落桌上，就不需要收拾、擦拭，增加工作。

如果这"随时集中"的夹菜态度习以为常了，进一步就可以随时为别人服务：盘菜散乱的时候，耐心细心地将盘里的东西集中整理一下，等下一个人夹的时候就不易把食物弄出盘外，这也是一种避免脏乱污染的行为和服务。这种角色常常是家庭中那任劳任怨的母亲所扮演，不过我希望将来会有更多见义勇为、关心环境的人去实践。

更进一步，我们还可以借机会教育一番，让同桌的人也注意这种修行，示范或者开口劝说，但需考虑别人的感受，而不使其有被指责被教育的感觉。这样，修行就到家了。

"随时集中"最后可以修得什么成果呢？在生活中会随时整齐、有序、有条理、不零乱分散、物归原位；在生命中则会有规划、有远见；对社会人群愿意付出、服务；看见环境脏乱，则卷袖行动，这是一项益己益人的修行呢。

（二〇〇七年十二月十一日）

净碗修行

人每天吃饭之前都会感恩，吃饭之后也要感恩。感恩可以祈祷，唱歌，还可以有所行动。

我们饭前感恩的方式是唱歌，早、午、晚有不同的歌，都以回归自然，感谢大地，感激上苍为主。感恩上天赐予、大地生产、农人耕种、食物牺牲、厨人烹饪、碗筷服务、父母生育、友伴同桌……唱歌是感恩之声，有双倍祈祷的效果，它使人心情开朗、喜悦开怀、快乐忘忧、胃口大开，同时可以欣赏食物色香味形之美。

吃饭时要细嚼慢咽，与食物融为一体，使它化作我身，对食物点滴皆惜，完全吃尽，不留残渣，碗盘干净。

饭后的主要工作就是收拾、清洗与还原。各人用过的碗筷最好自己负责，这是为了感恩与报恩，这样洗碗需要一点技巧与功夫的。首先倒少许开水在碗里，一手拿碗，一手拿筷，双手互相合作，碗慢慢转动，筷子将碗里尚存的碎屑仔细集中水里，一口喝掉，碗就干净了。如果还不够干净，就多涮一次；或者有油腻，则用一些热水，这样碗筷都干净后，就不必再洗了，只要盖上就好。我们平时吃得非常清淡少油，这样涮碗净碗后，就已足够干净，一两个月都不必另外洗碗，只有要离开一段时间，才将碗筷彻底清洗，封存。

这种饭后净碗的目的本来是为了不浪费食物，惜物惜福感恩，节省用水，不让残渣阻塞水槽渠道，减轻工作。在家里很早就教导小孩子学习这净碗方法，就能使他慢慢养成自我负责与善后的良好习惯；母亲因减轻了工作而心情愉快，家庭自然更为和谐；用开水就能净碗，也能少用洗洁精等化学品而减轻下水、水体、土地环境的污染。

这种净碗方法，我多年实践下来，觉得它实在是很好的修行过程，慢慢地做，可以修得细心、耐心与恒心，对环境也是一种爱心。

进一步我还想到：净碗对食物的不浪费，可以做到点滴皆惜，就是惜物惜福的极致。很多人认为残渣就是垃圾，而不屑一吃，用水涮后更觉那是脏水而嗤之以鼻，但只要转念一想，那些碎屑其实与先前吃进肚子里的食物是同样的东西，没有差别，不嫌弃，就心无恚碍。这样可以培养出不因事物大小而产生功利的心态。用清水洗碗，虽然是淡味的清汤，甚至是无味的清水而已，人能接受清淡而终，不是很平安吗？当然有时在外吃饭，因为食物的油腻及复杂，这净碗汤可说是五味杂陈，而这不就是人生的顺逆苦乐滋味？净碗后，就没有残渣留下污染碗筷，习惯了这种做法后，可以将这种精神延伸到人生上，就是人活到最后，不留遗憾啊！

佛教自古就有这种生活禅，又叫浪碗斋，现在仍有一些佛教团体保留这传统，或者重新发扬。我曾看过托钵僧有另一种特别的净碗方式：饭后把钵放在地上，食物余屑留给蚂蚁分享，等蚂蚁吃光后，将钵擦拭一下即可，心中可能还想着感谢蚂蚁的帮忙。盐寮偶尔有较油腻的外来食物时，我的太太秀娟就会将使用过的碗筷放在草地上，请蚂蚁帮忙处理一下。有一次朋友向她推销环保洗洁剂，她神秘地笑着说，她的秘密武器是蚂蚁。

在基督宗教中，我联想到弥撒圣餐礼中主礼司祭者在恭领圣体圣血之后，非常虔诚细心地洗涤圣爵圣盘的情景，是神圣的时刻。如果我们每次认真地做“净碗修行”，就可以提升到一项“净碗礼”，这种圣洁的礼仪更是我们日常生活的圣祭化呢。

（二○○七年十二月十六日）

用水之道

自古以来，人们就知道水的全能，它能上天、下地、奔流、入海、飘云、降雨、飞雪、凝霜、结冰。水好像无所不在，在天上云中、在地下泉穴、在高山、在河流、在湖泊、在大海、在植物中、在动物体内，也在人的身体里，而且占了七成之多。水的全能和无所不在简直就像天主、上帝、神一样的奇妙。大自然中有水的地方才有生命，缺水就代表死亡。最近人还发现水有灵性、个性、能力、感情、善恶喜好反应，像人一样。所以水是极值得尊重、敬佩、爱护的，在干旱地区的人对水还特别珍惜。

二十世纪末期，因科技工业发达，人创造了很多大自然里没有的东西，这叫做发明。可是这些东西却污染了我们应该敬重、爱护和所有万物赖以维生的水。雨水被污染成了酸雨，江河被污染成黑水，地下水被污染而有毒，海洋也被污染变了质，这实在是人类对大自然所犯很大的罪过。

人污染了自己生活周围的水体，在自然中就近再难以得到干净的食用水，只好到远处的山川河流筑坝蓄水，再经过滤、沉淀、消毒等复杂的净化技术，又经接管、引导、分送等浩大工程，才将稍微干净的水引到家里，只要打开水龙头，这些经长途跋涉引到面前来的水就会源源不绝地流出来。可是，所谓稍微干净是因为它仍有消毒化学品成分在内，不能直接饮用。这就是所谓“自来水”“水喉水”“管送水”，真是得来不易，应该珍惜。

在这生产自来水的过程中，其实还有一些不大为人知的负面影响，就是筑坝后会大大改变自然生态，使很多动物、植物甚至人类，丧失了原有的居所家园，有些是无法补救及恢复的后果。这样难得的净化水方便了住在都市中高楼大厦的人们，可是绝大多数人从未想过这自来水有何不妥。

我住盐寮之初，建屋之始，照例装了水管，接用邻居现成的自来水，也替邻居负责水费，一个月不花多少钱。虽然如此，我们还是推

行“滴水皆惜”的简朴精神，水龙头尽量开小一点，还放一个杯子在下面，以接存漏下来的每一滴。可是，有一次水费暴涨多倍，原来是水管破旧漏水所致，这使我反省了一阵，而关掉了所有水龙头，也切断了水管，从此不再用自来水。

盐寮靠山面海，旁边有溪流水泉，初时我就取用山泉水，只要走上百步就到，食用水挑回来，洗菜、洗衣、洗澡则就地处理，我大小解都可以野外解决，用水很少，也不需提回家。

净化了的水用来饮食是值得的，但用来冲厕所里最脏臭的大小便就一点道理都没有，更是一种罪过。想想看，当你尿了一小泡尿，却用一大箱净化水来冲洗，于心何忍？可是大家都麻木了。饮食用水一天最多几公升，冲厕所一天几次，至少几十公升，是食用水的十倍以上；加上洗衣、洗澡用水均比食用水多不知多少倍，实在是很大的浪费，住在都市不是到处有水源，只有靠此，无可奈何！（相较之下，香港的水系统比较有些道理，厕所有另一管路叫咸水管，是用海水的。）

舍弃现代文明方便的自来水，回到以前农村挑水担水的生活，不是退步，不是复古，而是环保，是简朴，是回归自然。这需要经过很彻底的反省，有很坚固的决心与强大的勇气，且心甘情愿接受辛苦的挑战才行。长期如此，还是一种很有耐性的修行。

起初十年，这种自愿的回归自然，田园式的提水挑水生活我甘之如饴，乐此不疲。慢慢练就很稳定、出神入化的挑水功夫，有人来体验简朴生活，为了食和用，第一项要修炼的功课就是提水挑水。大部分人都能接受，而且也感到新奇有趣，学习到惜水省水的美德，而愿意一试再试，且乐在其中。

雨天挑水就有点不方便，不过戴个斗笠或撑把雨伞就能克服，但是需要更多一点功夫。我们的木屋是斜顶屋檐，雨水顺势而下，只要放些水桶在屋檐下，就有水可用。初雨的水先洗净屋顶的灰尘脏污，水可以用来冲厕所；再过一阵，尘土去尽，雨水就可用来洗衣洗澡。花莲没有什么工业、汽车，酸雨不严重，不用担心。如果大雨倾盆一段时间后，屋顶流下的雨水就清澈，可用来煮食了。在空旷地方接雨水，可避免洗屋顶的麻烦，但水桶面积小，接水量不多，是它的缺点。

我们虽然有泉水雨水，用水不缺，但在简朴、自然、灵修的生活中，用水之道还是一项重要且需要用心的修行功课。这种用水之道的修行就是“水尽其用”。

雨水由屋顶流下，开始脏污，慢慢变干净，最后才清澈，品质向上逐渐提升，因此盛接下来的水用途也由冲厕、洗衣、洗澡、洗菜而提升到饮食之用。泉水本来是清澈的，可立即煮食，价值最高；其次可用做洗菜、洗果、洗米，清洗食物；洗果菜后的水留下来还可以淋花浇菜，有第二次用途；泉水当然也可以洗衣洗澡，留下来的水则可洗手洗地冲厕所；冬天在室内，洗脸后的水

还适合洗脚。关于洗澡，我只要有一小盆水，就可以由头到脚都洗干净。技巧是先用小量的水由头顶淋下，弄湿全身；然后又由头开始搓揉擦拭按摩，到脸，到身，到脚；最后再用清水又由头冲下，多次之后，全身就清洁了。而且冲洗时水顺便流到洗脸盆、马桶内，也一起把它们冲洗干净呢。这种一水二用三用的方法，不但可以节省用水，发挥水的最大功能，还需要有耐心与恒心，才能始终贯彻，而达到“水尽其用”的修行。

不少人都知道，洗米水可以用来洗碗，洗完碗再浇花，因为他们吃的是白米，洗米水含有淀粉质，有去油污的效果。我们吃糙米，洗米水相当干净，可没有去油污的作用，不一定用来洗碗，洗其他的东西都可以。

洗碗洗盘洗东西还有另一种节省用水的方法：用少量的水多次清洗，就能洗干净，而不需要大量的水。即一盆水分三次洗用，比一次洗，东西会更清洁。道理是：用十倍的水洗脏污的东西，第一次洗后污物只剩十分之一；再次用十倍的水洗它，第二次污物就只剩百分之一；洗第三次则只剩千分之一了。如果一次就用三十倍的水洗，洗后它的污度只是三十分之一而已，差异何其之大呢。如果是用水龙头流动的水洗东西，只要细水长流，也能洗得更干净，只是多花一点时间，而不要猛开水喉，浪费！细水长流的洗法需要时间，更需要耐心，这就到修行的境界了，因此才有所谓“水修行”的发明。（请看《水修行》一篇）

净土前的马路后来拓宽了，花莲的经济发展侵入到盐寮来，民宿处处，生活被干扰不少，水泉也发现污染了，我们就改到南边的溪流去洗菜洗衣洗澡。因为溪流有堤岸阻隔，提水挑水有些艰辛，功夫耐性就要更大，不过在溪里洗澡实在是最愉快的享受。

至于食用水的取得，我们想出另一种活性模式，有时到有干净山水或地下水的地方装一大桶回来，用一两个星期；有时以物易物问邻居阿婆索取自来水，我们给她的多是由市场捡拾得到的很好的蔬果，她都很满意，这虽然有点像交易，但也是睦邻互动的好机会。

我们的用水之道除了省水、惜水，点滴皆惜，一水多用，水尽其用外，还有睦邻的以物易物交情，而不是只打开水龙头这么简单了。

（二〇〇七年四月十五日）

水修行

水与人有非常密切的关系：人的身上有百分之七十是水；人生活中的吃喝拉撒洗都需要水；没有水人不能活下去；少一点水人就会难过，生病；人脱水就会死亡；不用水东西就洗不干净……人喜欢在水中沐浴、嬉戏、游泳、钓鱼；人在有水的地方才能划船、远航……人实在离不开水。可是绝大部分的人只是需要水、利用水，对水却没有感情，更不会尊敬。

我在盐寮生活有清澈泉水，又有潺潺溪水，但对水特别珍惜，就发展出一套用水之道。伙伴好友成道学于二〇〇一年更发明了一项“水修行”，他曾为文详述内容，还称这是“领航半个世纪后的省水生涯”。他去世后，我有机会就到处推广，不只在台湾、港澳、中国大陆，甚至美国。几年下来，就很有心得与经验，而且更有详细系统。

“水修行”只需要一个很简单的道具，就是一个塑胶瓶子，躺卧时不会滚动的。在瓶子直立时的同一面，上下用针各刺一个小洞，然后将瓶子装水，不要超过上洞的位置，盖上瓶盖后，空气由上洞进入瓶中，水就会由下洞细细地流出，这时就可以开始水修行了。

我们看见水由小洞中喷射出来，水珠闪耀，细水长流，第一个感觉就是赞叹这奇妙的景象，像一个迷你喷泉。接着我们可以放松心情，用这细细的水来洗手。要将手洗干净，并不难，只要细心、用心、耐心地洗，手指互相搓揉就可以。在慢慢地洗手的过程中，同时可以专注地净思净念，就能达到静心的境界。这时，只要稍加思考，或者灵光一闪，更能领悟到人生的许多道理、哲理和情理，这是水修行的过程，也是修行的收获。

水在这个二十一世纪的新时代，反而变得非常难得且珍贵，因为人类追求进步及现代化，科学技术工业的发展，使得地球上的水体大部分都被污染，江河湖泊海洋、雨水地下水都不干净，只有小部分在深山里的溪水还够清洁。现在我们所能得到的用水，都是经过复杂技术和巨大工程而得来的，该当珍惜使用，尽量节约，不要浪费！我们还有水可用，实在是上天所赐，更该惜福，感恩，多谢！

用这水修行瓶子洗手虽然比较慢，时间比较长，只要心情愉快，心旷神怡，看着水珠做成的珠链，反射出彩虹的艳色，真是赏心悦目，享受到这种洗手的乐趣。只要耐心地、慢慢地，只用一点点的水，可能是平时的十分之一、甚至二十分之一，或者是猛开水龙头的百分之一，就能把手指手掌洗得干干净净，一瓶一公升的水，一百个人洗，可能还用不完呢（每人用十毫升即总共一公升，每人洗十二秒，共二十分钟）。真是神奇啊！洗完了，只要将瓶子躺平，水就不再流出来。

水在大自然中是非常重要的，就像太阳、空气一样的重要。人缺了水就不能生存。水与人都一样是受造物，彼此需要依靠、关怀，所以我们对水要有手足情怀，共融和谐。水有各种变化，会蒸发成云、会冻结成冰；又有很大的能量，能成暴雨、海啸，冰山、风云；

它也有感情喜好，乐于助人，救人于难，只要天降甘霖，人类就不会干旱而死。水实在值得我们尊重敬佩。几百年前亚西西的圣方济就称它为“水姐姐”，很有谦卑的态度。

现在人类为了追求发展，只顾自己的利益，而妄顾水的污染。我们在静心洗手的当下就要发心，在珍惜用水、不污染水源之外，还要积极去爱护水资源，为保护它免于污染而尽一份责任。

我们有幸在有水可用的地区，又愿发心为保护水资源尽力；如果再进一步，有机会时愿与别人共用分享水资源，以提倡互助、共融、睦邻的美德，这修行就更为完美。

世界上尚有很多人是在干旱缺水的地方生活，当然远水救不了近火，至少我们可以付出关怀的心，尝试去感同身受，默默为他们祈祷。如果个人或团体选择特别的日子，自动停水一天，体验一下缺水的滋味，那种感受就更为深刻难忘。

联合国曾订定一次国际净水年，每年也推广国际环境日，就是要提倡、督促大家注意爱护环境和水资源。我也在这里呼吁所有善心人，水修行不只是在家里做，还要向别人推广，由近而远，直到世界各个角落，而成为这二十一世纪新的修行方式，人人得益。

水修行

赞叹：水珠闪耀，细水长流的美妙景色

放松：心情放松、不疾不徐

耐心：细心、用心、专心、耐心，慢慢地洗手

静心：净思、净念，达到静心的境界

惜福：珍惜用水，节约不浪费

感恩：感谢上天所赐水源

欣赏：慢慢洗手的乐趣，赏心悦目，心旷神怡

共融：水也是受造物之一，是我们的好姐妹，要共融和谐

尊敬：水有变化，水有感情，更有力量，值得尊敬与关心

谦逊：人要依靠水才能生活生存，面对水要谦卑，而不要有利用的心态

保护：愿意为水资源免于污染尽一份责任

分享：愿意与别人共同分享水资源，遇到口渴的人，送他一杯水

关怀：关心缺水地区的人，为他们祈祷

体验：停水一天，感受一下缺水的滋味

推广：向世界推广水修行，使人人得益

要修行先认识水

水　有灵有性、有个性、有感情、有喜好、有能力、会变化、知善恶

水的物能　蒸发、渗透、溶解、凝聚、分散、循环、净化

水的变态　气态、液态、固态、不会消失、有冲击力量、滴水穿石、削岩成谷、凿山成壁、暴雨成灾、海啸造难

水的变化　蒸发成云、凝聚为雨、冷冻成冰、天寒降霜降雪、结晶如花、日照呈霞、映日霓虹、迷蒙如雾、露结为霜、愤怒成雹

水的流动　水滴、泉源、瀑布、溪涧、川流、江河、湖泊、海洋，因会流动而能传播全世界，无处不在

水的智能　能看画、能读字、能听言语音乐、能赏花赏景、能感觉感受、能记忆信息现象、能治愈复苏、能平衡、能自我净化、知道生命的答案（参阅江本胜《水知道答案》一书）

水的喜爱　欣赏、赞美、感谢、爱、真情、善言、美乐、圣意、纯洁

水的反应　结晶美、味甘甜、生能量、治疾病

水与人的关系　和谐共融、互相关怀、爱护、感激、赞美、欣赏、珍惜、敬重、人不能缺水、水可以没有人

水对人的益处　给人生活、生存、生命、健康、快乐，动人感情、启人智慧、助人修行

（二〇〇七年七月十四日）

担水功夫

担水、挑水是以前农村社会常有的现象，随着工业文明的发展，人们开始聚居，城市文明随着开展。人们生活趋向都市化后，自来水开始取代了井水、河水，而且从都市延伸到郊外及乡村，农村也不可避免地享用自来水的便利，这时担水、挑水差不多成了历史名词，甚至是生活劳苦的代名词。

担水、挑水以前也是出家修道人的磨炼功课，尤其是少林寺初学的基本训练功夫，很值得学习。我想所练的功课有体力的磨炼，刻苦、耐劳、平稳、耐力；也有心的锻炼，心平、气和、不疾不徐、脚踏实地、专注。

我到盐寮之初，本来有自来水可接用，不过我觉得自来水虽然方便好用，但是也有它的缺点，例如耗费庞大的环境工程与人力物力、资源净化与输送，最后使用在厕所、洗车、洗地板……占了生活的百分之七八十以上，真正饮食所需的净化水，实在不多。所以我到盐寮生活一段时间之后，看到周边生活环境中，水的天然资源丰富，就放弃使用自来水，而使用附近的山泉水或溪涧水。

我来盐寮之前，未曾有过挑水的经验，然而非常愿意在盐寮学习这功夫，也愿意接受这磨炼，这一切是自己决定的，所以是心甘情愿的。没有前辈、没有师父，只是凭自己的印象来摸索、体悟，从生活中慢慢学习。

我找到两个水桶，做了两支扁担，一支木的、一支竹的，木的坚固强硬，竹的柔韧弹性，各有所长。用木扁担的时候可以学习刻苦耐劳，平衡力度；用竹担挑时则可以学习轻柔弹性、软性平衡，最后审定的标准是步伐的稳健性如何？水桶里的水会不会泼洒出来？进一步的功夫则可练到轻松愉快，疾步如飞地挑水回来，完成任务。

一般生活在都市的人，不太有机会用肩膀负重，除非是工地的劳工，或是搬运公司的工人。对生活在都市的人来说，用肩挑水是很辛苦的，大部分的人都会叫肩膀很痛，不敢尝试，或者浅尝辄止，他们宁可用手提水。只有过过农村生活的人才比较能承受这样的工作，甚至有些能胜任愉快，而不觉得苦，我的太太秀娟是其中之一。

人过惯扭开水龙头就有水可用的舒适生活后，就很难有担水修行的心。来盐寮体验简朴生活的人，初始对提水、挑水都有些抗拒与害怕，他们的心里大多想着，就这么小小的水桶，那不是要走好几趟才够一个人用吗？当他们实际去提去挑过后，生活了一天，他们发现一人一桶足足有余。这其中的道理不是在桶子的大小，而是辛劳付出的，必然甘甜美味回收，每个人非常珍惜所有的水。这说明什么呢？现在自来水的方便，其实助长了水的浪费。

很多人来过盐寮后，回到都市里，就很自然地将水龙头的水开小一些，这样小小的成果，说明盐寮的坚持是对的。

（二〇〇七年四月十七日）

守在灶前

在盐寮，我们决定用灶烧柴煮食，而放弃那不能再生的能源——电和煤气，是因为这里有很多木柴可用，山上有枯枝干草，海边有漂流木，多年后树木长大了，又有更多的落叶和树枝。烧灶当然会产生熏烟，只要完全燃烧，烟是白色的，没有太多污染，况且这里是在海边，人迹稀少，没有很大影响。我们种了很多树木花草，它们也需要二氧化碳，而吐出氧气回馈，我们就有更多新鲜的空气了。

烧灶煮食是现代科技文明以前人们生活的一部分，我希望回归自然，返璞归真，学习用灶是一个基本的起点。烧灶在我孩童时代虽然有些许印象，但从未有机会接触过。既然我决定用灶，就要从头学起，技巧其实不难，多做两次就能应付，再用一点心思，就更会驾轻就熟，熟能生巧。

我喜欢坐在灶前，但不像小孩子的玩火，找刺激。我是观察火，欣赏火的动态，我常常在看火时看入了神，得到源源不绝的灵感，领悟到很多人生道理。守在灶前是一种很好的享受，也是一个很好的修行项目。有一天，我还发现火好像也有灵性、感情，像水一样，多姿多彩。

我用灶多年首先就学会“生火之道”，它是一种功夫。要能生起火来并不难，但要点滴都不浪费能源，且有效率，就得按部就班地进行；要能控制火势快慢、缓急、强弱，就要有支配柴薪集中分散的功夫才行。在恶劣天气，柴枝潮湿时，控火的功夫就更为高深。这生火之道实在与人生道理很有关联，尤其是比喻一个社会团体的组成与运作，每一句都息息相关。下面列出“生火之道”与社会团体相关语句作为对应：

生火之道	喻社会团体
一根火柴能生火，	实践理想可由一人登高一呼，领导前进。
碎纸树叶细粗枝，	志同道合各种人才分层参与，分工合作。
层层叠放顺序燃，	推广、传扬理念，影响、吸收众人，燃起一把火。
粗枝燃着加柴薪。	中心人物就位后，需要找新人同志加入。
火能延续靠薪传，	理念继续传播、延续要靠接班人。
火能畅旺赖同心。	要达成理想则需同心合力、集中力量、提高士气。
柴湿预热再加纸，	当环境不良情况下，需要找些辅助的办法，加强力量。
扇风吹气助火燃。	加油打气都可以有所帮助、鼓励。
干柴烈火最猛旺，	有时人气太旺，冲过了头会有危险。
一不小心便遭殃，	要时常小心谨慎，以免错失而破坏大局。
柴枝分散火势慢，	工作接近完成阶段就要将人力分开，移做别用。
釜底抽薪才安息。	最后将最主力的人物撤离，问题解决了，才算大功告成，而可以休息。

生火之道当然是功夫，也是为人处世的功夫。坐在灶前看火观火赏火却是一项修行。有不少人用柴火煮食只把它看做方法而已，但求达到煮食目的，其他周边事项就不在乎了。如果你除了主要目的外，还愿意重视用灶前后的准备和善后以及过程中的各种细节，它就能提升为一种修行功课。为灶前修行我又写了下面一些诗句：

烧灶之前先准备，灶面清洁灶灰空；
放好柴枝再放锅，点火全用不浪费；
待火稳定随收拾，火钳风扇妥归位；
柴枝树叶不散乱，灶前地面要整齐；
生火烧灶需技巧，控制火势要功夫；
用心观火可反省，细心用灶是修行。

坐在灶前其实有很多时间观察灶火，同时反省、沉思，得到灵感。看着一根火柴就可以生起火来，就会联想到，只要事物安排得当有序，顺手一推，就能产生很大的效果，怪不得星星之火可以燎原，威力是相当大的。我有时看着一片一片的干叶可以烧起一点一点的火光，实在是一分耕耘、一分收获，没有浪费。再仔细看，每根不同形状的柴枝都会烧出不同形状的火景，有熊熊烈火，有丝丝细火，有急促喷火，有袅袅轻烟……各有个性，都是很有意义的事情。

在灶中烧柴，常常可以看见另一些有趣的现象。树枝树叶潮湿时，虽然在火中燃烧会冒出很多熏烟呛人，这些熏烟其实各有不同形象。如果是一枝中空的木柴，烧起来时尾部会像口吐白烟的休闲；如果柴枝含水量高，它在火中则有不断吐出口水的无奈；如果是一些轻薄的树皮或草秆，在烧到一半时会突然兴奋跳起；一堆柴枝烧了一阵，有时会彼此挪动身躯，互让位置或伸展一下；一枝长长的木柴烧了大半时，就会失去重心而掉落灶外……

烧火除了火景烟象之外，还有和音的相伴：如噼噼、啪啪、啧啧、瑟瑟的，在烧竹枝时，还会有突然一声的爆破，吓人一跳。

这些现象有时多少可以与人的行为联想一起，而会心一笑。这样守在灶前，并不只是勤劳地锻炼生火的功夫，也不只是严肃地专心修行，还有轻松愉快的赏心乐事呢。

生火、观火、玩火是小男孩的最爱，所爱的是那火光、火力、火热及火的毁灭性，这是培养冒险精神的好机会，但也要学习自我节制、

安守规律的限度，不然就会有大祸临头的危险。这危险的恐惧感则是小女孩最敏感的，所以小女孩比较怕生火就是这缘故。

火与水本来是互不相容的，水可以将火熄灭，火也可以将水烧干。但坐在灶前，只要控制得宜，火隔着锅来烧，就能助水煮沸煮滚，或者让水煮透到食物中，彼此相安无事。所以水火并不是绝对的死对头，只要有某种媒介调整关系，就能相互得益。

人常以火焰代表鬼魔，但用火光代表神灵，火焰会烧毁物质，火光则会照亮人们。其实火在你用它得当时，它就有神奇的力量，用得不妥，就会产生恶魔般毁灭性的后果。很多人相信的天主上帝无所不在，在水中，也在火中。最近有一位日本人发现水有感情，有灵性，能沟通，会反应，向它唱歌、放音乐、展图像、传祷文、示美言……它都会有美丽的结晶出现。火可能也有近似的反应与示意，因为我已发现它有各种个性、气质、表达、喜怒哀乐，与人性好像有点相通，只是如何才能准确懂得它的反应与示意，还需要再下功夫去观察研究啊！

（二〇〇六年十二月八日）

胶袋修行

塑胶袋是二十世纪科技文明的产物，那些发明它的人真是了不起。塑胶袋最大的优点是轻便，耐用与否则看它的厚薄而定，也看使用的人用心与否。它可以取代人类长久以来使用的麻袋、布袋、纸袋等物。那些发明人看准了塑胶的优点特性而制造出袋子、塑胶瓶、塑胶盒、塑胶绳等产品。可是那些发明人及制作人只看见塑胶的优点，却没有看见劣点；或者说他们只顾制造出可以取代以前所用材料的产品，而忽略了塑胶用完后所产生的后遗症：污染环境、阻塞渠道、毒化土地等百年不灭的后果。也就是只往前看，而没有顾后地预防它用完所遗留下来的负面影响。

今天，在所谓现代文明社会里，每个人多少都会用到塑胶袋；在如何面对，如何选择，如何使用，如何善后处理上，都需要一种修行的心态，瞻前也顾后，而不是只有功利的关系，用后就不顾一切地将它丢弃。

现在我们知道了塑胶的问题所在后，面对塑胶袋的第一个抉择就是用与不用。很多人出门都图轻松方便，只要身上有钱或银行信用卡，就可以购物，购物后就有一大堆塑胶袋带回家，麻烦就来了，这一大堆塑胶袋怎样处理呢？有些人将它丢到垃圾桶了事（不负责任）；有些人将它留着，放在一起，结果愈来愈多（无可奈何）；有些人转送给小贩再用（积点善心）……如果我们愿意为大地尽一份心力与责任，出外时就要心甘情愿地带几个购物袋备用，而不必动辄拿一大堆回来。其实它们不占很多空间，也不太麻烦，只要你愿意修这一点点的行，就能做得到，这样家里就不会不断地增加带回来的塑胶袋，后面的烦恼就减少了。别人看见你这样做，有时会称赞你“环保”，其实这还有更进一步的意义，我觉得，这就是一项“修行”。

使用塑胶袋要得当，这需要用一点心去思考分辨，需要有一点智慧去做决定，这就基于你的修行程度够不够彻底，爱心够不够深广。

我们常常遇到的就是：买一件东西用一个袋子装，两件东西用两个袋，最后还要用一个大袋子把所有小袋子装在一起，袋子一大堆，其实有些是多余的，这是没有必要的浪费。同类的东西本来可以装在一起，就可以省下一个袋子；三样东西放一起，就可以省两个，这道理大家都知道。可是卖东西的人会说：“没有关系！”（心里还想：不值几分钱的！）而且手快脚快，每一件东西都装进一个袋子里了。如果你不要这么多袋子，将东西抽出来，他还会嫌你麻烦呢。这个时候，你若要维持原则，就需要坚持，不然只好妥协、放弃。可是这样一来，我们平时修行的效果与心得就会功亏一篑。

当然，这类情形是可以预防的，只要你选好要买的东西之前，就拿出随身准备的袋子来装，不要等他装了之后才拿出来，这种未雨绸缪的动作是需要一些心思与练习的，如果能够做到不慌不忙地应付，就是一种修行啊。

如果这种修行已经习以为常了，每次出门就会带一些购物袋，平时出门身上准备一两个，要去购物时则需要多一些。现在有些购物袋坚韧耐用，不一定是塑胶的，纸的、布的都有，而且强调是环保袋。有些塑胶袋也都制造得可多次重复使用。

能重复使用的塑胶袋，平时就要好好分类处理保管，这又需要修行了。所谓修行就是心平气和地，耐心细心地去做这些事。能重复使用的塑胶袋可分几种。第一种是相当完好干净的，可以当做全新的塑胶袋来使用，这需要将它们折叠整齐，收放一起，尤其是那些有耳朵提手的购物袋。其次是那些印有广告彩画、平滑的袋子，有人为方便携带出门，将袋子顺着长的方向折它三或四折，把空气挤出，然后由密封的底部开始，向前成三角形地折去，最后一段也折成三角尖，回插入前面的袋中，而完成一个像三角粽子的塑胶袋包，体积小、易携带。如果你多一点艺术眼光，还可以在折叠的过程中将美丽的彩图留着向外，成为可以随时欣赏的艺术小品，对小朋友更是一件有创意的玩具。

有些人虽然会处理塑胶袋，但只是随意折它几折，堆放在那里。塑胶袋有弹性，很容易散开、蓬松，占体积，就会觉得零乱。这是因为缺少了一点做好它的用心，也少了一点修行的心态吧。

另一种是比较薄的塑胶袋，用过一次后会起皱，为与前述的一种较干净的有别，只要简单地将塑胶袋长方向卷折起来，挤出空气，打个活结，调整两条尾巴同样长，放在一起时才整齐。再用时只要将活的一条尾巴一拉，结就会打开。

塑胶袋打结也可以加进艺术的创意：如果把一只手指穿进那个结

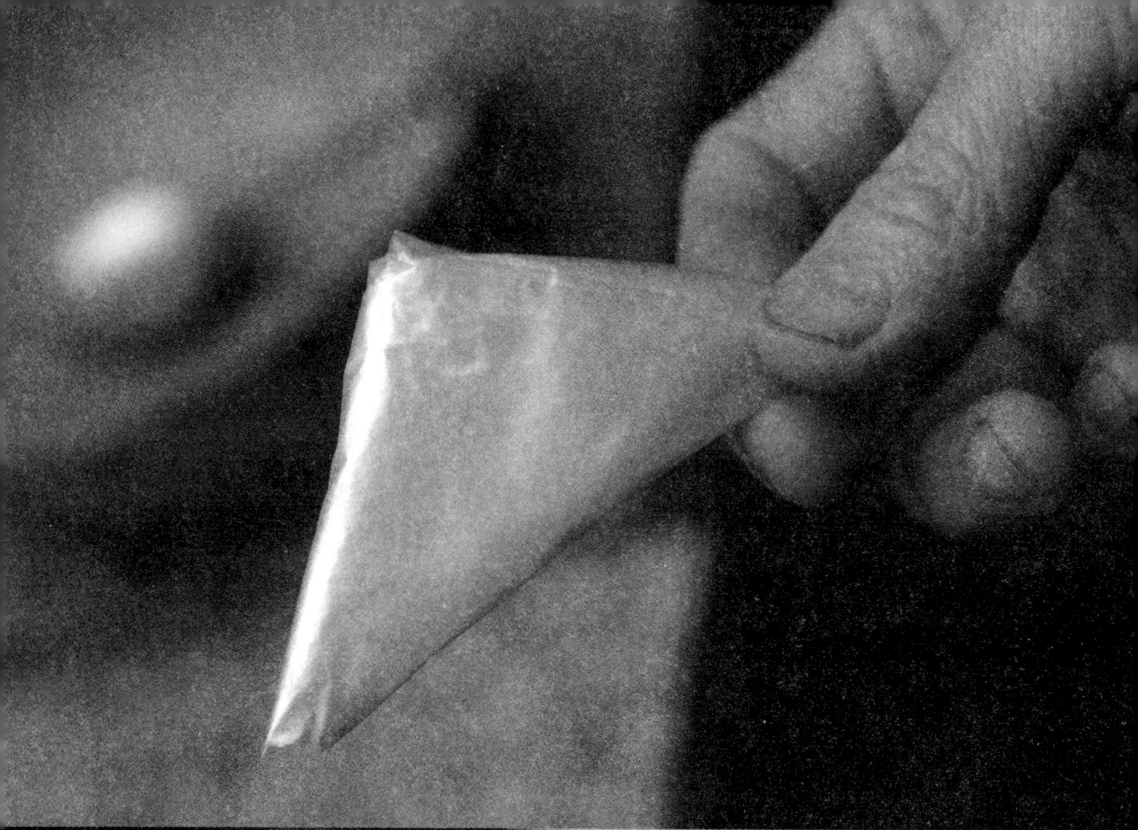

里，两条尾巴竖起，就像一只小兔子，小朋友一定很喜欢，也因此而有动机想学着做。如果把原来塑胶袋提手的两只耳朵分开拉长，另一边袋底做成的尾巴缩短，散开如裙子，整个打结的塑胶袋就像一个正在跳芭蕾舞的少女，这个造型是任何女生都喜爱的，也因此吸引鼓励她们跟着做，并强调不单是为了好玩，也为环保尽一份力。

如果用过的塑胶袋有些脏污了，就要稍微清洗一下，晾干再用。清洗用水的干净度则可考虑与袋的脏污度相反，只有些许脏的袋子用清水洗，较脏的塑胶袋用洗衣水或雨水即可。如需存放，当然也像前面的方法，卷起，打个活结，才不会散乱。塑胶袋容易造成环境污染，主要是因为人们随地丢弃，其次是因为它质轻，容易吹散零乱，所以才需要缩小体积，打结集中。

塑胶袋用过多次后，可能就会残破或脏污到不能再用，只是脏污仍可以当垃圾袋用，装零碎、残破的脏物。残破的塑胶袋还要先处理一下，就是挤出空气，缩小体积，打个死结，才与其他不能再用的塑胶类物品放一起，以便分类回收，回到原料工厂去，再制成次级产品，这才达到物尽其用、毫不浪费、零污染的境界。

塑胶袋处理是今日社会必需的行为。如果把塑胶袋随便乱丢，是一种劣质的歪行；愿意收集放好，行为便修正了；如果能重复使用，就是惜福、环保的修行；每次都用心地清洗、打结、存放、再用，而且加点美化，就是修善、修美，是修行的进阶。

每个人只要按照上面的过程去修炼，有一天就能达到没有垃圾、零污染的境界；社会上则要有大众的教育，大家一起努力、推广，一起共修，才会达成，当然这不是一件易事。

其实这是以前传统文化里对衣服被铺都折叠整齐，所有物品都归位还原，惜物惜福的家庭教育的延伸，只不过在现代发展快速、新事物层出不穷的社会中，这些美好的传统逐渐消失了，才需要重新提倡，重新教育，重新修炼。

胶袋修行是现代文明的课题。其实并不难，只要有一点能力，花一点技巧就做得到；如果加一点细心就会做得好；要耐心、长久、坚持地做，就是一种修行；在任何时候都愿意做，又做得好，而且感到内心的平安和喜悦，那就得道了。最后我们时时怀着感恩的心，感激塑胶袋对我们的服务，那就更为完美。

（二〇〇七年三月四日）

道在垃圾

垃圾分类

垃圾分类是一个新的观念，二十世纪末期才出现，因为科技发达制造出各式各样的工业产品，人们用完后就丢弃产生大量垃圾，污染环境，各国政府曾想过很多办法，最后推行垃圾分类，才解决了问题。

以前只有垃圾，没有分类，那些捡拾破烂的拾荒者才稍微做点分类，大概也只是铜、铁、纸、玻璃等物，目的是卖给回收商，赚取生活，有些人还因此发了财。现在垃圾分类已是无人不知的常识，但知得够清楚，懂得如何分，而且做得好的人不算太多，毕竟这是新鲜的事物。

一般人将不要的东西就当垃圾丢弃，甚至随便乱丢，愿意将它放进垃圾桶的算是较有水准的人了。现代稍微注意生态环境的国家和城市不单不允许乱丢垃圾，不管什么东西一起丢进垃圾桶也是不可以的。每个家庭，每个人都要学习及注意垃圾分类的规则与办法。

有些城市在路边放置垃圾分类箱随时收集；有些城市规定不同日期时间收集不同的垃圾；有些城市在每个社区设立垃圾分类回收站；有些城市垃圾只分成几大类；有些城市分得甚为详尽细微……就看这

个城市所制造垃圾的类别和数量以及政府的能力而定了。其实这不叫垃圾分类，而应该叫做资源回收。

在盐寮净土创立之前，我曾多次到世界各地观察垃圾及环境问题，有些环保先进国家及城市，垃圾分类已做得相当彻底而成功。瑞士有所谓“垃圾三步曲”政策；德国有很好的垃圾处理经验与理念；日本有社区家园的做法；新加坡采用重罚的对策。看见世界各国政府面对垃圾均严阵以待，我心想，垃圾分类真这么难吗？

我在瑞士住过多年，认识他们比较深刻。瑞士政府有很彻底用心的家庭生活及公民教育，所以垃圾分类做得非常好。他们的“垃圾三步曲”就是：一、避免制造垃圾；二、垃圾分类，资源回收；三、垃圾无公害处理。在乡镇社区内都设有垃圾分类、资源回收中心，每个家庭随时可以将要丢弃的东西拿去分类存放，它分成十大类：玻璃、纸张、铁器、铝器、废油、化学药品、电池、轮胎、大件家具、建筑废物，除此之外的厨余菜叶果皮，可在厨房的洗槽下打碎排到专用下水道去，或者有后院的家庭自己做堆肥。当时还没有那么多塑胶制品、瓶、罐、盒、杯……数之不尽，而且原料就有十种以上，要细分就难之又难了。所以剩下真是无用的垃圾已少之又少了，可能是一些有卫生安全考量的东西；政府还限定要用合规格的垃圾桶装载，等在排定的时间表内来收集；这垃圾桶的大小看每个家庭生产的垃圾多少而定，垃圾费就依此征收。这一层层的考虑真是周到。后来也为世界其他国家及城市所仿效。

瑞士的大城市公共场所及街道上，三十年前就开始试验分类收集玻璃瓶，分透明及有色两种，一个个比人还高的大收集箱竖立街头。

初期每个箱旁还有义工看守，教导行人如何将瓶子分类投入，直至大众适应为止；星期日还禁止投入瓶子，以免惊扰居民；有一大型玻璃瓶制造厂设立了一套完整的回收再制系统完全配合，也因此减轻了由远方运送砂石原料的高成本负担。这种用心细心的构思真是无懈可击。美国在二十年前，西部有一两个小镇也试验过大型分类收集资源箱的办法，那时相当新鲜，但多年后却不见了。

台北多年前也曾学习欧洲国家，在街头摆放大型收集箱，可是，不久那些收集箱周围就变成了另一个垃圾堆，不是那收集箱专收的东西（如塑胶瓶）也堆放在那里！是民众无知？不合作？抗拒？或者是政府无能，不用心督导，没有派人看守引导？可能两者都有吧。最后不了了之，收集箱也不见了踪影。台北到了十多年后的今天，垃圾分类才有了比较满意的成绩。

有些城市开始实行垃圾分类时，先分成可燃／不可燃两种，不可燃中又再分回收与不回收。这种分法很易使人混乱、头晕眼花，因为可燃物中有可回收的如纸，回收物中有不应燃的如塑胶，燃烧会产生空气污染。现在常用的塑胶类别有七种之多，且由国际标签认证，看产品标示号码就能分别。不可燃物中其实只要细分都是可回收的，一般人搞不清楚，就随意乱放了，于是分隔左右的分类箱反成为混乱箱了，真是粗心大意。

另有些城市将垃圾分成可回收／不可回收，可回收的又详细分门别类收集，不可回收就全送垃圾焚化炉焚烧。焚化炉要有特别设备，避免有毒气体外泄，污染空气；焚化时会产生热能，又可回收发电或者供应暖气。这些不良后果或物尽其用的细节，主事者都应该用心考虑到。

垃圾修行

垃圾分类对一般大众是需要教导的，如何分类是一些知识与技巧，但不应该只把它当做一种工作，而是生活的一部分，就像洗脸刷牙一样，每个人都要学习和尽到本分，才会做得好。垃圾分类观念与态度的培养，首先是不要把用不着的东西当垃圾，而应该想着它不是垃圾，是资源，所以跟着来的就是要资源回收，分了类的资源可做原料来使用，产生再制品。

不把用不着的东西当垃圾是一种基本态度，分类资源回收则要有物尽其用的修养，两者都要有惜物惜福的精神，如何做到始终如一的彻底，则要有细心、用心、耐心的修行。

政府虽然有了分类的系统及场所，个人在家里、居所或办公的地方，仍然要先分类处理，瓶罐要清洗，纸类折叠整齐，体积大的东西缩小，铝罐压扁，塑胶袋挤出空气打个结……这些都需要细心去做；然后分类暂时存放，不使生活环境杂乱，有碍观瞻，占有太多空间，这又需要用心去做。因为这是生活的一部分，就是每日要做的事情，更要有恒心与耐心，不然会烦厌，做不下去，但又不得不做，实在需要一番修为。如果想减少这资源分类的负担与压力，就要进一步避免制造垃圾，不买会产生垃圾的食品和用品，这需要明智的选择和节制的消费方式，就是要过简朴的生活，就能超越垃圾分类的层次了。

在盐寮，我们尽量不购买会制造垃圾的东西，也不欢迎别人带来，带来的要他带走，所以垃圾非常少。需要分类的废纸，用完两面的纸张及一些偶然拿回来的报纸，我们有特别设计，适合 A4 大小的废纸盘，每张纸都耐心地存放在盘里，满了一盘就用一张报纸包起来，整齐不占地方，一两个月才有一包。其次是破损的塑胶物，都会打个结缩小体积，也是两三个月才有一袋，等垃圾车来才送出去。其他则是一些路人乱丢的瓶罐杯盒，我们都捡拾起来，分类放着，好几个月才有一些数量，然后送到收集的地方，或者交到教堂的收集点，卖掉所得作为仁爱基金。完好的塑胶袋难以避免，我们都洗干净，晾干，出门时再用，这就不是垃圾，而是物尽其用了。

垃圾分类好像是处理肮脏东西的事，但你不把它当垃圾，它就是资源，而不觉得肮脏，的确要有另类的态度以及需要用心、细心、耐心的修行啊！

最近我将面对垃圾的问题层层思考后，觉得垃圾问题是环境保护重要的一环，因此针对垃圾设计出一个“生活环保金字塔”，它包含了“垃圾三步曲”，以及很多人提出的环保 4R 或 5R 等观念，加上我的一些想法而成，综合起来共有 9R2L。

这个金字塔由最底层看起：

乱丢垃圾：最差，行为最歪，需要纠正、改善。

集中掩埋：虽然不影响人的生活环境了，但仍是将所有不要的东西当垃圾丢弃，而且需要掩埋场地，仍然污染环境。

以上两类都是在制造垃圾的层次，而未到环保的阶段。上一层开始才是有环保观念的做法。

恢复原貌：将人为已污染、破坏的物质及环境，恢复清洁美丽的原貌，擦拭、清洗、打扫、净滩、净山都是。这是环保的第一步，有点收拾残局的无奈。

循环再造：就是将未成为垃圾之前的物质分类处理，送到各类工厂做原料，再制造适当的次级产品。

分类标签：要将物质分类得好而清楚，有些类别的东西就要有明确的辨认标记，不然混杂一起，制造出来的产品，就不够纯净，品质不良。

修复再用：东西如果稍微有些小缺陷或损坏，只要用一点心思与技巧，就可将它修复再用，这已有一点惜物的修行心态。

创意利用：物质在尚未回到工厂当原料之前，最好发挥创意，直接使用它，就可免走长远曲折的路，而浪费精力。

重复使用：再上层楼，就是将任何东西一用再用，不厌其旧，这就是物尽其用的修行。

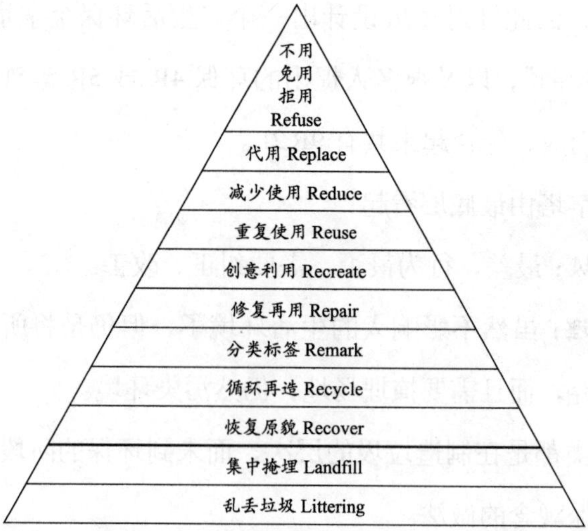

减少使用：为了降低造成垃圾的可能，就要尽量减少使用各种容易变成垃圾，或者容易被抛弃的东西，这已提升到简朴生活的修行境界。

代用：有很多东西是可以有耐用、环保、不污染的代替品，要找到理想的代用品，就要有强烈的环保意识及智慧能力才能做得到。

拒用、免用、不用：最后最高的修行境界，就是拒用、免用、不用那些不环保的东西。拒用好像有些情绪在内，免用又好像有点被动的心态，不用才是肯定、坚定的抉择，而且是一种有影响力的精神。

这金字塔其实底层下面还可以再加上两层，不过找不到适合的L字母带头的英文字，就没有列入。在“乱丢垃圾”的下层还有一种最差的社会现象：大量消费制造垃圾。促使人这样做的一个很大导火线是工商业发达的消费主义，大量的生产，鼓励人大量的消费，跟着而来就容易造成浪费，于是大量制造垃圾，这过程牵涉到庞大的私人商业利益，未必是公众利益，最后整个社会都要为此负责。此外，在集中掩埋时要考虑而且要避免的，是有毒废弃物的公害问题，应该将它个别地无公害处理，以免长期的后患，这是管理垃圾的机构不可推卸的责任。如果能设计出一套周详的管理办法，民众就容易配合遵循，这样就没有遗憾了。

“道在垃圾”真是深奥、广阔又长远。

（二〇〇七年四月二十二日）

垃圾兄弟

这个称呼不是讽刺，不是抬举，也不是江湖术语，而是我最近反省后对垃圾的感觉。

很多年前，我有一位好友成道学，他关心垃圾问题，到处去宣讲解决垃圾之道，就有人给他封上“垃圾先生”的雅号，我也写了一篇专文《垃圾先生》赞扬他，还登上了日报的副刊（一九八二年十二月四日）。后来有杂志又专题报道过他的生活态度和对学生的影响。自那时开始，我们就成了常常讨论垃圾问题的忘年兄弟。不过现在我要谈的是真真正正的垃圾，它是我们的兄弟。

什么是垃圾呢？有人说：你不要的东西就是垃圾，破烂无用的东西都是垃圾，用完一扔的就是垃圾，丢进垃圾桶的都是垃圾，不管它是什么东西。也有人说：放错了地方的东西就变成了垃圾，一个盒子、一个罐子、一个瓶子，或者一张纸、一支笔、一本书、一双鞋、一件衣服，不管它是旧的或新的；有时是坏了一点点的水果、一个只咬了两口的面包、一盒未吃完的饭菜；更有时是好好有用的工具、器皿，甚至值钱的戒指、珠宝、电脑、汽车……只要是被人丢弃了的，就成为垃圾。

为什么会有人把还可使用的东西丢弃呢？这并不奇怪，就要看丢弃这些东西的人当时的心态了。可能是不喜欢了、不用了、破损了、旧了、有新的、没有地方放置，或者有钱买了另一件……都是原因。

垃圾也是废物的同义词，废物是形容东西没有用了，是一种价值判断的结果，用来骂人，就会带一点情绪在内。垃圾除了当事人把这东西当废物之外，还有随意丢弃处置的态度，更是脏乱的意思，这是价值判断外，也有令人讨厌、厌恶的感觉，如果骂人“垃圾”，就比骂废物要严重得多了。

自从我关心垃圾问题后，首先是自己尽量不制造垃圾，不把任何东西当垃圾丢弃；在看见垃圾箱里、垃圾堆中及街边别人丢弃的东西时，常常感觉这些其实都是有用的东西，有时还是宝贝呢。有用的东西当然就会捡起来使用，若是宝贝，就更会将它好好对待，或当礼物送人。

开始时我常怀惜福的心态，感叹别人为什么将好好的东西丢掉，因此愿意虚心地弯腰将它捡起来，按它的性质用做建屋的材料、烧火的木柴、盛物的器皿及袋子、书写的纸笔、穿着的衣服，甚至美味的食物，而不觉可耻或没面子，反而是理直气壮，感觉自己做了正确的好事。

的确，将所有别人丢掉的东西捡起来，放到适当的地方去，有多种好处：首先，就是清洁大地免于污染脏乱的好意；其次将已变成垃圾的东西拿来使用，就是废物利用，物尽其用，重新提升它的价值；其三，自己当然用不了这么多东西，分享给有需要而又愿意接受的人；其四，一个人能力有限，不可能将所有的垃圾都捡拾干净，有时就需要鼓励别人一起来分担，也是分享；其五，为那些浪费乱丢垃圾的人，可能是一种减轻他们一点罪恶、罪业的方法；其六，为自己更是实行爱德、惜福、助人的好事，更是感恩的最具体呈现；最后还可以提升到修行、灵修的境界。

这时我仍然只是把这些垃圾当有用的物质看待而已，它当然也是我修行、做好事的工具。但我最近则有进一步的想法，它已不只是物质、工具，我对它已多了一点感觉和感情，而愿意为它付出一些牺牲。

我曾到过菲律宾的垃圾山，看见不少人在垃圾堆中捡拾可变卖的东西，那些东西就是值钱的物质，不再是垃圾，是他们靠以维生的资源。拾得多的时候会非常高兴，拾得少的那天就会生活艰苦，所以他们时常祈祷，希望会有更多的垃圾，让他们可以拾到更多资源。他们长期住在垃圾山上，对垃圾就有了一份依靠与感情，不过这是无奈又可怜的。

大自然里本来就有一种生态循环平衡系统，动物植物经过生长、老化、死亡、腐烂，而回归自然，化作养分，供给新生的动植物吸收，因而维持循环平衡运作下去。可是自从人类发明了科技，制造了一些人工合成的产品，就破坏了这系统。如人造塑料、合成纤维，用完丢弃后，不会在自然界分解，进入循环系统，必须借人为方法分类回收，才可以再造成有用制品，而回到人工的循环系统里。

另外，每一样物质一定遵循在自然的能趋疲法则下演进，也就是它的能量与寿命是每况愈下，顺着时间递减的，能量趋向疲乏，到最后就成为垃圾。动植物必经生长、老化、死亡、分解过程；人工制造的物质也会逐渐退化、残旧、破烂、报废而不能使用。人造物质就可以用人工方法使它的能趋疲下降速度减缓，人老化的能趋疲速度，则可借运动、饮食、生活的保健而延长，否则糟蹋自己，很快就会报废。

使能趋疲下降速度最快的就是制造垃圾，一件全新的东西只用一次，甚至还没有使用过就丢弃，它的能量立刻就趋于零。另一个能趋疲下降最快的例子，就是将花费浩大工程净化的清洁自来水用来冲最脏最臭的大便，它由一百分马上变成了零分，甚至是负分。

人只要用一点心思，就可以使东西成为废物的速度减慢，就像一件东西每次用后，保持清洁干净，好好保存起来，等下次再用，它的能趋疲寿命就会很长。又像水的使用，水用来饮用是珍贵的，能量最高；用来洗东西，它的价值就低了些，但洗完衣服的水用来冲厕所、洗地，它就不会直接到下水道去而成为零价值的废水；洗菜水留起来浇花浇菜，它的价值就提高了很多；洗米水再洗碗，洗完碗还可以浇花，它就不会那么快变成废物了。

有些人会认为这样做很麻烦，其实这和每次从水管里取水来用差不了多少动作，却节省了很多干净的水，而只制造很少的无用污水啊。这就是需要用点心思的地方，如果你能用爱心耐心去做，还是一种高尚的修行呢！就看你愿不愿意。

纸是现代都市人最常接触的东西之一，也是最易被丢弃而变成垃圾的一种物资。广告纸、宣传纸、报纸、卫生纸……有时看一眼、擦一下就丢到垃圾桶里。纸张是很容易分类回收，重新制造再生纸的，只要习惯性地把它放在一起，很多人都愿意来收集，甚至收买。如果你再用点心，加点爱惜，面对纸张的使用，不但可以是修行的过程，还可以体验到与纸张垃圾成为兄弟的情义。

多年来，我没有花过钱去买一张纸来用，但我会很珍惜每一张接近我的纸。虽然我住得相当偏僻，但是信件、印刷品仍然可到达，我要写信就用那些简洁印刷品的反面，信封也可将较完整的信封拆开，反过来粘一粘就成。朋友寄来的圣诞卡，有图画一面的背面常是空白的，只要裁下来，就可以做单张卡片用。信封时常是用不完的，比较私人的，或者贴了漂亮邮票的，可以剪开当做草稿纸，邮票剪下可收藏或送给收集的朋友，我常送给一个基金会，他们收集旧邮票，义卖所得帮助落后地区的穷人。旧信封做的草稿纸上的文稿誊写后，还要回收起来，文稿誊写则用单面印刷过的 A4 纸张，这种单面用过的纸张到处随手可得，如果不限白色，就有更多地区性单面广告再生纸可选择，真是用不完呢。那些信封草稿纸，有时心血来潮或兴之所至，还可用来弄墨挥毫、陶冶性情一番，这样一张纸可以用得很透彻，很尽兴。

正式想挥毫书写一些励志劝世的文句时，我会用那些有美丽图画的月历纸反面，就算做礼物送朋友也不会失礼。近来有很多食物、用品的礼盒非常精美，但奢侈浪费，看来比里面的东西还要珍贵，食物吃完，用品用了后，那个盒子真不知要如何是好，再做盒子用又太多，丢弃更可惜。我会把它裁剪一下，写些精句名言，有机会就做小礼物送人，接受的人也满欢喜的，因为我的书法不错、背面也很美丽的缘故。真正需要书写装裱用纸时，朋友练字用不完的宣纸会有一大堆送我，我也用不完呢。

因为我最常用纸作文，去宣导爱护自然、保护环境、鼓励修行、提升灵性，所以与纸非常亲近，感觉就像兄弟手足的情深。如果我们能虚心地、耐心地、用心地使用这些人们容易放弃、不起眼、有点觉得脏乱的所谓垃圾，它就不再是垃圾，而是有用的资源，是珍贵的宝贝。在使用这些资源的同时，再加上慈悲、感激、珍惜的心情，它们就更像小兄弟一般，使我们愿意关怀他，爱护他，帮助他发挥最大的作用、最大的功能和最大的潜能。他如果已变成我们的小兄弟，我们怎忍心抛弃他，遗弃他，不顾他，看着他成为废物，成为垃圾，而不让他尽到本身的天赋，为人类贡献所有的力量？！

几百年前意大利亚西西有位圣人叫方济，他在放弃了家传财富地位之后，一心与穷人为伍，专心修道，有一天他悟到了大自然中的日月星辰、花草树木都是可爱的、有感情的，同是上主的造物，人类的手足，因而他称太阳为兄弟，月亮为姐妹，这是赏心悦目、愉快美丽的感情移转。但要把垃圾看做是小兄弟小姐妹，就要多一分灵性与修行才易做到。如果大家都往这方向努力，我们的地球就会不一样。

假若我们能把垃圾当小兄弟小姐妹看待，那对花草树木、虫鱼鸟兽、山石河流、日月星宿的情谊就会更为亲切，在大地自然中万物就像一家人一样的和谐，很快我们就能到达那新天新地的另一个世界。

（二〇〇六年五月二十八日）

扫地修行

扫地很多人都会，至少都看过家人或别人做，在家里扫地常是小孩子的一份责任，也是一份工作；在社会上有清洁工，扫地就是他们的维生工作；在寺庙、教堂中，是出家修道人每日的工作，更是一项修行功课。

扫地是什么呢？人人都知道，就是把地上的垃圾扫集起来，倒到垃圾桶，再由垃圾车运到垃圾场掩埋或焚烧，这是在都市的正常过程。在乡下或郊外则常是将垃圾倒在田野的一个角落，任由它分解腐化，在科技工业普及之前可以如此，但有了很多工业产品之后，就不能这样处理了。不过我在这里不想谈得这么远，让我们回到扫地这个主题。

在室内扫地，扫的多是灰尘、碎屑、落发等东西，在户外院子则是落叶枯枝较多。“黎明即起，洒扫庭除，要内外整洁。”这是根据人居住的地方需要整洁的观念来要求的。“身似菩提树，心如明镜台，时时勤拂拭，莫使惹尘埃。”这种打扫就提升到心灵的层次，所以在寺庙、教堂每天扫地，就不单是环境内外的整洁而已，更是心灵修炼的时刻。我们还可以进一步想象，出家人修道人在扫地的时候，还会同时在念经或唱歌呢。

我小的时候，家里扫地是我的责任，不过只有很短的时间，因为后来就有弟妹分担。我高中毕业时，因家境困难，未能马上升学，就在香港一间酒店负责客房的扫地清洁工作一年，练就每日彻底保持清洁的观念与能力。大学毕业后有机会留学瑞士，在最后考试阶段借住朋友家，我每天温习功课后，必定光着脚丫走遍房间每一个角落，横的直的走，把屋内地上的每一粒灰尘用脚扫干净，两只脚板互相搓拍，除去尘土头发，然后到浴室彻底洗脚沐浴一番，恢复一身的干净。我把这过程看做是对朋友的回报及每天的修行与练功，而乐此不疲，这有点受到瑞士干净的青山绿水所影响。

后来回国工作，有了自己的居所，需要自己打扫整理，在每天扫地清洗厕所的时候又悟到另一番道理：我仍然用最简单的扫把、畚箕、刷子等工具清洁，在扫地时，我不再把大面积的灰尘垃圾由东南西北集中一堆，而把它们随扫随收到畚箕里，就是不要让垃圾有旅行的机会，以致藏匿或扩散，反而增加环境的污染。再把这观念延伸到人生上，即一个人的缺点污垢不要堆积，也不要拖延，要随时随地反省清理，这样每时每刻、一点一滴都能保持洁净无瑕。

我到了盐寮净土后，房子多间，庭院广大，一个人没有办法保持所有地方一尘不染，只能将最接近我每天生活的周围打扫擦拭干净，其他地方则让有人来生活体验时合作清理。我时常在院前树下思考，有一天顿悟了：灰尘、落叶都是大自然的一部分，如果它们不太妨碍自己，又何必一定要清除？如果用另一种眼光来看待它们，还有一种美的感觉呢！在蒙尘的玻璃窗上可以写字画画，在五彩缤纷的落叶中得到自然的喜悦！所以我就创作了四句诗：

身是尘间树，心似百花台；

正念惟一转，花样美尘埃。

这可以说在顿悟中得道了。

扫地时要用心扫，彻底扫，有时要分类扫，不是大的小的，有用的没用的全当垃圾扫走，有用的就要分类回收再用，不把它当垃圾看待；如果不扫时就去欣赏它，尘埃似花，落叶缤纷，所以扫地是一种修行，不扫则是另一种修行。

最近我又想，很多人都扫过地，有哪个人把扫地当是修行的呢？大部分都只把它当工作而已，尤其是那些扫街的清洁工，他们大都是为生活经济的无奈选择。可是有一些所谓清洁义工，或者有些收入卑微的清洁工，他们心甘情愿为人服务，不计较名利，清洁环境，使别人感觉干净舒适。如果他们在打扫清洁的过程中，还加上修身养性的心态，不疾不徐，孔隙不漏，耐心细心地扫，而且满心喜悦，见人含笑招呼，你看，他们不就是下凡的天使吗！

（二〇〇七年八月九日）

洗厕报恩

清洗厕所，绝大多数人把它看做肮脏下贱的工作，我却认为它是一项服务、修行或报恩的行为。

我年轻时曾有一年时间服务于酒店的客房部，天天要清洗厕所，因为常常保持干净，就不会觉得脏臭，而且使用的人比较有文化水准，也不致弄得太过难堪。我觉得清洁厕所是赚钱养家的神圣工作，也体现服务客人的真诚态度，也就不会有厌恶的心态。

后来我经过升学、留学，进入社会正式工作时，在自己的房子里，就要自己清洁厕所，只要勤洗常刷，厕所就能保持清洁无气味。

到了盐寮后，我很快就学会野外大解，很少使用室内的厕所，也就不必常洗厕所。来体验的人，如果时间长的，住上多天，或者一个团体，很多人，我都会请他们离开前，清洗用过的厕所，还在墙上写上："不要嫌弃，如果你觉得脏乱，请动手清洗打扫吧，这是服务的最好机会！"如果真的清洗干净了，当然我也就不需要为厕所操心。可是大部分的人清洗厕所只是马虎从事，不会认真彻底的，我就只好事后查验一遍，或者二次清洁一番了。

我常利用在室内沐浴或大解的机会，来进行这项工作，就是在下雨天或者寒冬的时候，有大量雨水或者烧了热水，水量充足，洗头及洗上身时，滴下的水就可以顺便冲洗较高的瓷脸盆，用手或脚清理脏痕；洗下身及双脚时，就用脚先擦拭马桶周边，用水冲身时就可连脚和厕所都冲干净，这是一水双用的节水惜水实践，过程则是隐秘的修行。

清洗厕所可以有所领悟的：个人用后要随手冲洗清洁；在我懂得喝尿的功效和大解后用水清洗的道理，如厕后即刻清理就不再觉得是肮脏的事，反而是一项净化的修行。

我每次出外旅行，如果住在朋友家，离开前都会关起厕所的门，不必戴口罩手套，用手彻底把厕所洗刷一番，恢复原来的清洁状况，这是不用语言的感谢与报答，关起门，就是不必让别人看到的意思，报恩不必表扬。

（二〇〇七年八月九日）

吃果艺术

这是一个新的名词，是吃生果的时候，创造出来的艺术，有别于厨房艺术里果盘花样的摆设。

“吃果艺术”是在吃生果过程中，每一步骤都可以用艺术的眼光与手法来处理，而产生的艺术作品，包括：洗净、去皮、果肉处理、啖吃、果皮果核的善后等。

一般人注意的只是吃的艺术，厨师可能在切割果肉及摆放果盘时增加一点艺术。这里吃果艺术的重点则集中在果皮处理时加上艺术的眼光与手法，进而培养出修行的情怀。

通常，人吃生果目的在吃到果肉，而不着重过程，只要将果皮除去，得到果肉即可，没有艺术可言，有时甚至会视果皮如敝屣而弃之，除非有价值的果皮才好好保留。

果皮是为保护果肉而生，自有它本身的价值与作用，是以生命保护生命；我们为得果肉而吃，也要感激果皮，是它的生命滋养我们的生命，在感激之余更要欣赏它，赞美它；如果能把果皮创造成艺术品，就更有一分超然的价值，这是感恩、赞美、回报的互动关系，又是将生命延续为艺术的提升；如果在简朴、自然、灵修的精神思想系统中，就更是惜缘、惜物、惜福，物尽其用，物创其美的演进过程。

要用果皮来创造艺术，就要对它多一些认识。果皮可分硬皮、软皮；厚皮、薄皮；难剥、易剥；可吃、不可吃之别。硬软厚薄是相对的说法，难易则看所用方法与工具。依照硬软、厚薄、难易互相配合就有各种不同的生果，于是衍生出：硬、厚、难剥、不可吃的皮如榴莲，及软、薄、易剥、可吃的皮如葡萄等。

硬、厚、难剥、不可吃：榴莲、菠萝蜜、面包果、椰子、核桃……

硬、厚、难剥、可吃：凤梨、西瓜……

硬（脆）、薄、易剥、不可吃：荔枝、龙眼……

硬（脆），薄、易剥、可吃：苹果、梨、香瓜、哈密瓜……

软、厚、易剥、可吃：柚、橙、柑、橘……

软、厚、易剥、不可吃：香蕉、木瓜……

软、薄、易剥、可吃：葡萄、草莓、莲雾、杨桃、桑葚、桃、李、杏、梅、枣……

其中有些生果比较易发挥它的果皮艺术造型，有些则较难，就看你的能力、创意与功夫。

将果皮变成艺术品需要工具，工具可以是人的双手，有时需要刀或剪的帮助；艺术品则看各人的创意而成：如意、长带、花朵、星星、脸谱等形状；创作时的功夫则是耐心、细心、造型、美感等，尤其是在洗净果皮，雕塑果皮及善后果皮、果核时都需要。最主要的，就是对要吃的生果怀有感恩、回报、赞美、欣赏的心，这样创造美感的力

长带

如意

花朵

星星

脸谱

心心

量就够大了。

雕塑之后的果皮艺术品可以将它悬挂起来或在桌上摆饰，慢慢欣赏，与别人分享，它的美就会传播出去。这雕塑艺术很容易吸引小孩子的兴趣，而愿意尝试学习，这样就更可传给下一代。

综合起来，吃果艺术需要的首先是对所要吃的果，包括皮与肉，感恩和回报的心。在创造艺术过程中，需要的是用心、细心、耐心、艺术眼光、灵感和创意；艺术品完成后则要有经常的、随时的欣赏与赞美的情怀。这样，人与果的关系就能持续、长存，而不是吃过后就一了百了啊！如果一个人每次吃生果的时候都愿意这样做，就是一种修行，而且还是人与大自然关系重建的一个美好开始呢！

（二〇〇六年十二月三十一日）

书法功夫

“书法功夫”听起来又文又武，既文且武；是以文修武，借武强文；要练就文武全才，文武兼备；且使文武提升，晋至更高的修行境界。

时常有人问我：“你的毛笔字写得那么好，是不是特别练过书法？”我只回答说：“小的时候每个学生都要习字写书法的啊！”意思是没有什么稀奇的。

我小学初年，在广东乡下长大，就读祖父创立的学校，平时没有功课的压力，暑假也没有什么作业，轻松愉快。为了不让我们玩野了心，每天早上祖父会教我们先写一页大楷一页小楷，才可以出去玩耍。我们为了可以玩耍，会很快写好每篇大小楷书。

上了中学，虽是现代学校，还有正式的书法课程，加上自己的兴趣与努力，常常拿到全校书法冠军。及至大学，学的是工科，只有在书法社才有机会练习。每到暑假总会争取得一些时间到叔公开办的书法学院就教，这才学到一些正统的执笔临摹的基本功夫。可是每次在大学的书法比赛，还是稍逊于学长的表现。

后来一直没有放弃这自小培养出来的对书法的兴趣与天赋，加上时常练习书写，就日渐进步。最近得到不少灵感，更领悟到，书法实在是一种文武兼备的修行功课，要使书法达到更高境界，有一些基本的功夫先要修炼，才能够实现柔韧、弹性、扎实、力度与均衡发展。

要学习书法功夫，先要了解一下书法是什么？书法是写字的方法，中国文字由古代的甲骨文、篆、隶、行、草、楷书，至现代的简体字。外星文是电脑文字，没有书法可言。古时候的字是用石或刀刻于石头、甲骨、木板或竹简上，后来用毛笔写于纸或布上，才产生所谓书法。

毛笔有软毛（羊毫）、硬毛（狼毫）之分，另外还有草笔、竹笔，执笔方法类似。近代才发明了较硬的钢笔（自来水笔）、铅笔、蜡笔、彩笔、粉笔、原子笔（圆珠笔）、自来水毛笔、水管笔、签字笔、荧光笔等，琳琅满目。谈论书法时，大概只集中在软笔（毛笔、草笔、竹笔）和硬笔（钢笔、原子笔、水管笔……）的书写两种，是执笔方法的不同；而大笔小笔则只是粗壮与精细大字小字之别而已，书写的笔法没有分别。

执笔方法有五指法与三指法两种，五指法是执毛笔的，三指法是执硬笔的，执笔用右手或左手是手指左右之别，在写字时有方向的不同。没有手的人，执笔就只好用脚或口，书写用笔的功夫会很不一样，不过这样的人很少，我也没有这方面的功夫，在这里就谈不上。

硬笔书写已是世界性的技巧，执笔手法大致相同，只用拇指、食指与中指合力控制，写大字或小字则用不同支点来调整，因各国文字不同，写法不一，但绝大部分的人都习以为常了。这里所谈的书法功夫重点就不特别放在这上面。

中国毛笔书法是运用手的五根手指控制笔杆写字，最标准，最普遍，自古相传的方法是：首先由拇指和食指将笔垂直执紧，中指由前

方可将笔杆往后拨，无名指加上小指的辅助，则可将笔向前推，中指与无名指合力夹着笔杆，则可以使毛笔前后左右或者打圈移动，这就能达到写字所需的各种笔画动线。要测试执笔是否稳固，老师会在学生后面试将笔杆抽起；要看运笔是否灵活，则看学生能否画出够大的圆圈。用笔如用筷，不是会吃就懂得用筷子，也不是会写字就知道怎么用笔的。

写小字至中字，只要以手腕做支点，移动执笔的各手指就能达成；如果要写较大一些的字，就要提笔，手腕离桌，以手肘做支点；如果写更大的字，则支点要靠肩膀维持；再大的字写于地上，支点就需要转到双脚上了，这是很少人做得到的。

了解书法用笔技巧及大小字形需用不同重点支持后，就需要开始锻炼功夫。首先是各手指与头脑的灵活运用及力度配合的功夫，其次是手腕、手肘、手臂、肩膀、腰、腿及全身各个关节的转动辅助及左右平衡稳定功夫。

太极拳里的“云手”正适合活动以上各个关节，甚至达到三百度左右的转辐，另外云手转动时眼睛定焦在手心，则心神更能集中专注，启发创意。一般的“马步功”可练习定力、平衡力与耐力，并且练就伸缩、虚实、进退之道。再加上“吐纳调气功”，打通经络，书写时气势就可传到笔尖端。所以正式动笔写书法前，云手、马步、吐纳等功夫就先要学习锻炼，以这些武功来帮助文功，在书写练文的时候才会发挥出武功的气势，这就是书法功夫的目的。

更高境界的功夫是要修炼理性与感性思维的平衡、艺术的创意，以及修行与灵修，这对脑、心、灵都要训练。为修炼理性与感性的均衡发展，可以利用左右手的动作，刺激左右脑平均运用，这是借着左手右手执笔书写，练习正字、反字、倒字的写法，以促使左右脑对文字图像正反颠倒的记忆及笔画顺序的熟练来达成，这也是训练另类思考能力的方法。

书法的练习，如笔画、字形、大小、粗细、劲力……最初都靠临摹古帖，学习某家某派的书写体法。可是临摹学习就算达到了惟妙惟肖的地步，仍然不过只是一个书匠的作品而已。这时就需要有艺术的创意，超脱那字帖的形式，创造出自己的书体形态出来，而成为一种自己个人的书法艺术。进一步如果能够加上一些心灵意念的表达，比如优美、文雅、豪放、刚毅、坚强等个人所认同的气质，那写出来的书法就更晋至心灵层次的境界了。

（二〇〇六年十二月三十日）

断食避年

住在海边是一日一日地过，没有太多一年一年的印象。每天日出而作、日落而息；日光灿烂、黑夜安宁，都是很明显的对比。一天一天过，哪一天是一年的结束，哪一天是一年的开始都没有关系了。

以前的农耕社会，春耕夏灌，秋收冬藏，比较明显，容易感觉到一年的开始与终结。现在都市里因有所谓时装广告的吸引，人们才知道有夏装冬装的变换。

台湾大致是四季如春，尤其在东部的海边，四季变化不大。我们种植蔬果，经常有收成，不大受天气的影响；我们过简朴生活，又不受季节流行时装的诱惑；一食一衣都能随遇而安，也就不必特别制造一个气氛来过年。

这样过了几年清淡的年节，后来渐渐有较多的人认识盐寮净土，到了过年前后就有不少都市人要趁假期来安静几天，体验一下简朴的生活，其实是要躲开在都市里大饮大食，喧闹不堪的年假。新年出走，说得更正确一点，就是来“避年”，而不是过年。

避年好像有一点消极，但也有积极的意思，就是对传统的或都市的嘈杂、喧哗、奢侈、浪费的过年方式不以为然，不喜欢，甚至讨厌。

传统乡村的年节，大事庆祝，是因为一年的辛劳、节俭、艰苦，借着过年时休息、补偿、享受一下，这是理所当然、合情合理的。可是现在，即使在农村，真需要辛苦耕种的已不多，而且生活改善了，富裕了，什么时候都可以休息、享受，不必等到过年，过年只是其中一个机会而已。住在都市的家庭，平常上下班，上下课，子女分散，或者见面时间少，就趁年假回乡团聚，共享天伦，本也是应该的。可是年年如此，吃喝都没有变化，而且过量，年轻人就有点不耐，想找点新鲜的或简单的方式，或者找个清静的环境，静思反省一下，这就有积极的意义了。

我顺着他们的意愿，有一年，我就想出一种特别的过年方式。在那几天里，每人如常地找些时间，找个角落，静默反思，可以上山，可以溯溪，可以到海边，可以在树下，可以登上观海台……又在轻松的劳动中安静体验，如割草、拾枝、锯木、劈柴、挑水……在除夕的那天，我请大家放下平日为了三餐的操劳，断食一天。虽然很多人都会断食，但在这一天却有特别的意义，是反省过去、策划将来的最佳时刻。在断食之前，最好还到溪里沐浴更衣，不单使身体肠胃休息，五脏排毒，还是心灵净化的良机。

晚上我们有特别温馨的分享时间，有时点燃蜡烛，气氛宜人，大家舒适地围坐一起，说说一年来的喜怒哀乐，谈谈来年的心愿期待。有人说到感动流泪，有人谈到兴奋激昂。虽然有些人是在这几天才认识，有些人是每年都来避年的熟友，但都像一家人一样亲切关怀，心无芥蒂，气氛融洽。其实这种相聚、谈心、分享的方式也是现代很多家庭需要提倡和推动的。

“断食避年”是今日过度繁忙、紧张、喧闹、享乐的社会难得又特殊的一种修行方法，愿你也找一次机会尝试，得享它的益处。

（二〇〇七年七月十八日）

不带一分钱

身上没有一分钱是穷光蛋。身上不带一分钱却是一个勇敢的人。

身无分文的贫穷是无可奈何的，自愿不带分文出门是为要接受一次重大的锻炼与挑战。一个人如果曾经有过这样的锻炼与挑战，而且成功地克服了，将来对很多事情都会无所畏惧，对人生会信心大增。

盐寮的自然环境得天独厚，在台湾东部花东海岸山脉下，面对太平洋的浩瀚，山地原住民民风淳朴、热情，如果你敢身上不带一分钱出发，由北往南，或由南往北，步行两三天，除了是很好的锻炼和挑战外，还会得到很多终身难忘的奇遇与经验。

到盐寮净土来体验简朴生活的年轻人，基本上已有了接受刻苦、耐劳及新鲜事物的意愿，如果他们停留的时间较长，又处在心情变化、情绪起伏或面临前途抉择的时候，我就会向他们提出“不带一分钱徒步锻炼”的挑战。不少人会考虑，但真正接受挑战的人不算太多。他们会考虑自己体力够不够？会不会遇到危险？如果有状况出现如何应付？到哪里过夜睡觉？怎样得到食物饮水？女孩子还会想到荒郊野外独行的恐惧，被人干扰时如何是好？……所以考虑过后，最后付诸行动的人不多。但是，多年来接受了挑战，且成功地完成的仍有好几位。

在整个过程中，很多细节项目实在很值得记录下来，为其他人参考学习的。首先是在有人觉得简朴生活已驾轻就熟了，想更上层楼去体验更艰辛的、未知的旅程时；有人在前程未定，想找个机会思考一下，作为抉择的依据时；或者有人想向自己能力的极限挑战时，等等，都是合适的时机，向他们提出“不带分文徒步锻炼”的挑战。他们大概都会考虑一天，在出发前的晚上分享时，可以讨论一下他们接受挑战的动机与目的以及在旅程中可能会遇到的情形和有些什么心理准备等。

第一要决定的是目的地、行程与路径，如果由花莲盐寮到台东，大概一百六十千米，只有一条简单的公路，单一方向，并不复杂，可以在三天之内去回。当然也可以不定地点、行程，随意而行，只定几天回来即可；或者完全自由，随心所欲，步行、便车，一去不回都可以。

第二要考虑的是自己的体能是否能完成全程，这要看是否曾有长途步行的经验，或者有没有信心与决心。如果真是超过了自己体能的限度，或者太累时，可能需要求助他人搭便车，这又是另一种经验。

第三是食的问题如何解决。因为身上没有分文，不可能用钱解决，如何求助得到食物是很大的学问。与人接触先要有谦逊的态度，表达坦白和诚意，说明自己是谁，正在做什么，为什么如此，需求的是什么……这是名正言顺的事情，并非可怜在求乞，不必不好意思，也不必自卑。方法很多，看你临时的智慧与创意而定：

1. 直接向人请求是最快的，但有时会碰钉子。如何面对拒绝，也是一种很好的考验。

2. 用友善的态度与人交谈，慢慢表示自己的情况与需要，或许对方会主动伸出援手。

3. 以服务换取所需是平等的交换，容易开口，也容易被接受。

4. 有人可能想：得不到食物时就断食吧。这样虽然简单，但在饥饿状态下再步行，挑战更大。

当然还有其他得到食物的可能性，就看各人到时的灵感了。

第四是住宿过夜问题。求宿比求食的机会大些，也容易些。在台湾东部，教堂、寺庙、学校、警察局、公共场所，每个乡镇都有，居民稀少而热情，乐于接纳外来人，求住的可能性都很大。说不定遇到很有爱心的人，不单让你过夜，还招待你一餐呢，食的问题也一并解决了。要不然就露宿公园、凉亭，大概没有人会干涉，但是冬天寒冷，夏天又怕蚊子，看你如何应付，的确不易。

除了体力、食宿问题外，其他要考虑的事项都比较容易，口渴要水喝，洗澡找溪流或公厕都不难，只要动一下脑筋就想得到办法。要记得，路在口边，只要不厌其烦开口请教，就会得到答案。

决心出发上路后，上面的情况就会一一出现，这时才是真正考验的时刻，可能还有一些未曾预料到的突发事件来挑战你，就看你的应变能力及意志是否坚定，才能完成这趟不带一分钱的徒步锻炼。

在徒步独行的过程中，其实是静默反思的最好时刻，可能有点前路不明、孤独、冒险的感觉，不过当你艰辛地完成旅程后，就能克服这一切的不安与恐惧，增加不少自信心。应付问题的能力及得到帮助后的喜悦与满足，这种经验比花钱去旅行所获得的更为丰富，且终生难忘。但也希望你能因感恩而发心，以后乐意随时伸出关爱的手去助人。

佛教出家人有沿门托钵的修行，天主教方济修会也有不带银钱出门、克己苦修的锻炼，都是难得的经验；不过作为一个在俗的年轻人不带分文徒步修炼更是难能可贵的，因为没有穿上出家人的道袍，别人对你的看法难以想象，考验与挑战就更大了。

（二〇〇七年二月六日）

由头到脚的简朴

退省静思

每个人都要找一个机会，在什么时候都可以，当然愈早愈好，省思一下个人的人生观、价值观，或者人生的最终目的。

这种退省静思可以由头到脚，由内到外逐一去思考。思考：我是一个怎样的人？我想要成为一个怎样的人？我要做什么才能成为这样一个人……经过这样一次退省静思的洗炼，人就会变了一个样儿，成为另外一个人。

这种退思也可以分次分段进行，不必急于完成，最好要有足够的时间，找个幽静的地点。如果自己反思能力够，就单独为之，不然也可以找一位前辈高人辅导指点。

我经过一段相当长的省思之后，发觉自己所学所做的事，竟与自己所关心、所推广的理念背道而驰。我学的是化学工业，在塑胶、人造纤维工厂工作，这些都是以人的智慧能力改变自然现象的途径，制造过程则是破坏污染大自然的元凶；而我关心的，是人的生活环境品质，希望推广爱护人类所共生共存的自然大地的理念。因此我做了一次人生的大抉择：首先就是不再做赚钱维生的工作，而辞去从事了十多年的专职；接着我又决定放弃以前所学的专业知识，从头过另一种简朴、自然、灵修的生活；更认为，唯有简朴精神才是改变社会奢侈、浪费、名利、欲望、污染、破坏、斗争的最根本办法。由内而外的省思，在我以前写的几本书中有很多篇幅谈及，在此不再详谈，而专注于从头到脚及身体各部分有关的事项。

从头开始

头发

四十年前我已经思考过头发的问题，人为什么要剪头发？一定要到理发店剪发吗？自己剪可不可能？朋友互助、夫妻互剪不是更好吗？只要先学习，多练习就会的。从此之后，我只在夏天炎热或头发太长、不舒服时才剪短一些，冬天头发稍长，有保暖的作用，无妨且更好。我没有剪光头，我觉得头发是天生的，自有它保护头顶的作用。我又不是要出家，为显示决心另有其他很多行动。我又想，人为什么要梳头？没有梳子之前人是如何顺理头发的呢？五根手指是不是最基本的工具？五指梳是最自然不过的了。

自从那时开始，我就没有进过理发店，也不再用梳子了。这不只可以节省很多金钱开支，少花很多时间去理发梳头，生活简单更多，而且潇洒自在，没有压力，不用担心，好像退了一层壳的轻松。

眼镜

近视是很多现代都市读书人的毛病，我不幸也是其中一分子，是因大学时代用功读书的结果，不过当时家境艰困，经济不充裕，但求有眼镜可戴，以改善视力，不求时髦流行的镜框。自始至今我所用的眼镜框都是最普通最便宜的。近年因实行简朴生活，还会捡拾或接收别人放弃的镜框，而不必买新的，就算万一遗失或损坏了，也不会觉得多大的遗憾，这就是自在自由，心无挂碍的取舍。

胡须

我在工作上班的日子里，每天都将胡子剃光刮净。我的工作是研究性质，不需要见很多人，胡子剃得不够干净也无所谓。但是有时要开会，早上赶不及剃胡子，便会坐立不安，这种不安有时还延伸到梦中，因没有刮胡须就上班而惊醒。

自从辞掉工作后，我常常反省，人为什么要剃须刮胡？人什么时候开始剃须刮胡的呢？一百年前中外各国的人都是留着长胡须的，可能除了某些担任特殊工作的人，为了减少阻碍才需要把胡须剪短剃掉。胡须本来是人类自然天生的一部分，就像其他毛发一样，有它的存在价值，所以何必要把它剃掉呢？就让它顺其自然，自由生长吧。

当我不再剃胡子之后，胡须就渐渐长长，于是有人会问："你为什么要留胡子？""你留胡子多久了？"或者像以前有人幽默地问张大千："睡觉时胡子放在棉被内还是棉被外？"我有时说："你猜呢？"或者说："我并不是留胡子，只是不剃它而已。"又或者反问："人为什么要剃胡子呢？"让他也想一想。

不剃胡子实在是自由自在的现象，轻松愉快，人不是都在追求这些吗？我这样不剃胡子二十多年了。

牙齿

牙齿是人身体很重要的一部分，吃饭要靠它，仪容要靠它，它也是人健康的一个指标，所以要好好保护，经常刷牙就是这个道理。刷牙要用牙刷，很多人用牙刷是一打一打买的。我近二十年来已不必买牙刷了，因为很多是别人留下来，或者忘记带走的新旧牙刷。其实我不一定用新的，只要还可以用，清洗后就好。牙刷用久了会散开，我把散开的毛剪去，就可以继续使用，所以一支牙刷我可以用上一两年，甚至几年。因为在盐寮很多人来，留下很多牙刷，用不完，当我去落后地区旅行，就会带一大包，见到有需要的人就送他，这还是小礼物呢。

我曾去过非洲，知道刷牙不一定需要牙刷的，他们取一枝小树枝，把它咬扁，就像一把刷子，可以用来刷牙、剔牙，这是人类原始的智慧，而不是现代的工业。智慧人人可以学习，工业则只有跟随，要改造它，则没有几人做得到。牙刷用到全部开花就难以再用来刷牙，但仍可以当刷子用，尤其清洗有缝隙的器具物品最好不过。所以一支牙刷会跟着我很多年，而不会随便丢弃。

刷牙又要用牙膏，是现代都市人难以摆脱的羁绊，更是难逃牙膏广告的洗脑麻醉，它强力误导人要挤一大段牙膏来刷牙，牙科医生也没有勇气正确地说出真心话。用一大堆牙膏刷牙，实在是非常浪费的，有一大半会掉落，真正留下用得上的只有很少一部分，所以只要一点点牙膏就可以达到清洁的目的。其实牙膏不是必要的，用清水、盐水都可以得到同样效果，最重要是勤刷，每次饭后就刷。

盐寮开始的时候，我只买过一支牙膏，用了一年多；后来就没有再买过。有人留下就用，没有的时候就不用，而用盐水或清水刷牙。一天刷三四次，常保口清齿爽。牙膏用到挤不出来时，很多人就会把它丢掉，其实里面还有不少的，只要把外壳剪开，就可以继续使用，我常会再用一两个月，才彻底用完，物尽其用，没有一点浪费，这才是惜物惜福的极致。

可能有人会怀疑，这样刷牙够清洁健康吗？老实说，我已六十五岁，牙齿排列整齐、洁净，没有一颗假牙，只少了一颗智齿，我是相当满意的。

嘴巴

人的口是用来吃东西、说话、唱歌、助呼吸的，但常常因为过度使用，或没有自我规范节制而做出伤害身体、伤害他人、超越道德范围的错误事情，所以节制口舌之欲是自古至今所有圣贤、先知、宗教人士努力倡导的人生道理。在反思过程中自然不能少了这一大项：口吃什么？如何吃？说什么？如何说？唱什么？如何唱？口又如何配合鼻子呼吸才是最恰当的？怎样才能得到最健康、喜乐、平安的身心灵境界？这需要很大的篇幅，以前我也谈过不少，有更多的先贤智士谈得更多，在此就略过。

舌头

嘴巴吃完东西，以前的人用毛巾或手帕擦拭。脏了，清洗就可以再用。现在改用了纸巾，用完即弃，而且愈来愈多，一张一张地抽取，一张一张地扔掉，不珍惜纸的来源是树木，树木愈来愈少，全体人类赖以生存的环境就愈来愈坏，人人受害。

绝大部分的人早已忘记了舌头的功能，除了尝味、咀嚼、发声、表情外，还有清洁的作用。看看生长在自然中的小孩子，吃过东西后，就会用舌头清洁嘴唇。最会使用舌头的该是动物，细心观察与人接近的猫狗，就能领悟其中奥妙，这是天赐能力啊。我在盐寮生活之后，就不再用一张纸巾了。（至于卫生纸、厕纸我也不用的，后面再谈。）

耳鼻

有人设计了特定的工具，来清理耳朵、鼻子。其实人自己身体上就有很多合适的工具，挑耳挖鼻用自己的手指甲是最方便不过的了。鼻与口是相通的，它们的清洁其实不必用什么工具，只要以清水或盐水冲灌就能达到，而且是健康的方法。

眼耳口鼻是人头上的主要器官，只要用双手和清水就能达到清洁的目的，而不必使用广告上花言巧语、言过其实的产品。那些东西大部分是化学工业制品，有潜在不健康的毒素，想过之后，就应彻底唾弃它们。

对衣着的省思

衣服

人穿衣服究竟是为了什么？礼貌？漂亮？荣耀？保温……人要衣装，是文明社会的说法；打扮爱面子，是虚荣心态的作祟；保温取暖才是实际的需要。一个人受别人尊敬、亲近，是看你的精神、笑容、健康，如果你这些都没有，只好用衣服来取代，多么可悲。

为需要才穿衣服是最自然的事，寒冷地方的人多穿，热带潮湿则不需穿衣服了。非洲、南美洲的原始民族赤身裸体，一片树叶就足够。以前说衣食住行，现在已改为食衣住行，衣已放到次要的地位。

很早我已把穿衣的需求降到最低的程度。我工作上班时，除了很特别的情况才打领带，西装对我已不是必需品，现在更没有了。大约三十年前，我已决定不买新衣服，我常会收集亲友的旧衣，送给需要的人，从中选一两件较合身的自用。裤子的腰围也只要用一个别针或改变一下宽窄就可以。到今天我还有足够的衣服可穿而不缺乏。衣服有小小的破裂，以前的人都会修补再穿，是因为贫穷，无可奈何，无所选择；现在我仍然缝补衣裤，是因为惜物惜福，理由充实，理直气壮。

我结婚的衣服还是二十多年前穿过的，新娘也没有买新装，是好友临时从身上脱下所赠。这样简朴的婚礼，没有丝毫逊色，反而传为佳话。我不喜新衣，可能是从小就有的心态，一来是贫穷，二来是穿起新衣常觉得别扭不自由。现在为推行简朴精神，更是顺理成章了。现在还有进一步的做法，就是穿着已过世父亲的衣服，甚至内衣裤，不觉得不妥，反而感到父亲的精神仍在，不必去扫墓才感到，却是常相左右呢！

为装饰衣服，自抬身价，很多人还有不同配套。女人有发夹、耳环、项链、戒指、手镯、腰带、脚链、趾环等；男人也有铃铃啷啷的挂戴，是虚荣心的追求？还是自信心的缺乏？这些对我而言已是彻底的多余，早早舍弃了。

鞋袜

鞋是足下的穿着，不少人为了虚荣摩登而买了一双又一双，需要一个大鞋柜才装得下，去不同的场合，穿着不同的款式。其实只要有冷暖之别就够，我们居处亚热地带，全年一双鞋子也是可以的。与上身的衣服一样，我已很久没有买鞋子了。鞋子常与地面摩擦，较易损坏，但二十多年来我一直不缺，因为过时不流行的，别人穿旧了的，修补好的，真是穿不完呢。袜子只有冬天才需要，在盐寮总是有用不完的。

毛巾是消耗比较快的日用品，但我也很久不必买。很多东西只要肯用旧的，人弃我捡，就源源不绝，更是惜物惜福惜缘的修行，那怎会觉得不好意思呢。

手表

由头到脚有些是必要，有些是需要，有些是可要，而有更多是不必要的东西。我自从离开了工作后，整个人自由自在了很多，没有压力，没有限制，时间多了很多似的，而且都在自己的掌控之内，于是我开始不用计时器手表了，不是不要知道时间，而是不要被时间控制。时钟手表是人造的时间，将大自然的时间框住了，人也被限制而失去了很多自由，几点钟一定要上课上班，几点钟要吃饭，办事一定要配合几点钟之前……当我不戴手表之后，就脱离了这种束缚，才感到随心所欲，真正的自由。

在平时的生活中，真是不需要手表时间的，吃喝拉撒睡根据身体直接的感觉最自然，劳作看天色气候最适合。只有出外搭车乘飞机才需要准确的社会大众时间，但预早出门就可以不必紧张，况且到了需要知道正确时间的地方，就会有其他人出现，就可询问了。

多年来我对把握时间，没有发生过大问题，甚至深夜搭火车也不要闹钟而能准时到达。我心里常准备着："错过一班，就坐下一班吧！"因为我有充裕的时间可用，也从来没有坐过下一班车。我曾旅行世界各地，在时间上都非常顺利而不会出差错。时间好像是有限，其实是无限，因为都是上天所赐，你愈紧张，他给你的可能愈少；你愈从容，他给的就会愈多。也有人常说："时间是金钱。"就用金钱去换时间，赶时间就搭计程车。我觉得我有很多金钱，相当富有，因为我有的是天赐时间，而且不费分文，何必天天去"赶"呢！

除了手表外，很多现代人旅行时必备的随身物品如：梳子、剃须刀、皮带、钥匙、太阳眼镜、手机、药物……我都不需要，感觉少了很多牵挂，轻松愉快。

对内外需求的省思

拉撒

人日常生活中的内在需求：吃喝拉撒睡及外在行为：行住坐卧洗，在反思的过程中也应拿出来配合想一想。有关吃喝前面已经点到。拉撒就是大小便。我到盐寮之后，很快就学到大小解之后用水洗肛门的道理，在到过印度之后，更领悟到这是人类几千年留传下来的智慧。便后水洗是最彻底而即时的清洁方法，细节过程就看你用自然方法或科技工具而定（现在已有喷水冲洗肛门的厕所）；心态则可以理性的思维去导正：人的大小便都是大自然的一部分，小便对人本身有治疗的效用，尿疗法就是根据这套道理的；大便是其他动物如鱼虾蟹猪狗喜好的食物；最后这些都会回归自然而成为植物的养料，这样思考我们就不会觉得它是肮脏而无用的废物。尿疗法就是喝自己的尿，是进一步的物尽其用，居家旅行都能时常帮助我应付突发的疾病，不需看医生，就不药而愈。

我改变如厕后清洁的方法后，十多年来已不再使用一张所谓厕纸、卫生纸了。若要计算，则不知救了多少树木可免被砍伐的命运。当然这是看不见的，具体实际的，则是自己的受惠，身体随时保持清洁，内衣裤只用清水就能洗干净，旅行在外也不必为要随身带厕纸而烦恼。

拉撒进一步的改变就是地方，我在盐寮一年难得进厕所几次，除了全天下雨才有例外。这又是学了先人的智慧，野外拉撒是最直接回归自然的现象，千万年以来自然万物就是如此的。盐寮有小溪涧，又近海边，人烟稀少，素食之后，大小解都畅快通顺，一泻千里，得到彻底的自由解放，更有“屎落青龙现，尿出黄河流”的豪爽，不到半天，人不要的东西，鱼虾蟹就把它吃得光光，一点不留。我倒不是要鼓励都市人照样做，只是提供另类省思的参考。现在已有专家建议，粪尿分流系统，循环再用。（另请看《早晨喝尿》《野外拉屎》两篇）

睡卧

睡和卧占了人生大约三分之一的时间，累了就需要躺下休息、睡觉，这是天经地义的身体自然反应，日出而作，日入而息，顺应大自然的作息规律。可是自从有了科技工业，人的作息规律就被大大地改变了，常常是日夜颠倒，以致健康受损，心情受压，新病怪病层出不穷。所以人应该反省自己追求的究竟是什么？想通了，就要彻底地改变，回归自然，返璞归真才是正确配合自然现象作息的健康之道。

每天的子、丑时（深夜十一点到三点）是排毒养胆养肝的时刻，一定要休息，如果这段时间不休息而继续工作，伤害会很大，长期如此不知会出现什么严重的疾病。在盐寮我们绝对遵守大自然的作息时间，生活无忧无虑。

行住坐

行住坐是日间的活动，都以简朴为准，并以不破坏自然为原则。

近距离尽量步行，较远则乘公共交通。自备的交通工具要两人以上或办两件事以上才使用，以免浪费燃料，污染空气。居家不豪华，舒适即可。有任何物品欠缺时，先考虑是否真的需要，看看有没有别人弃置，再问别人有无不用的，或者可暂时借用；都不行时，试着自己动手制作；真不会做时，等一等，想一想，才购买；不必买全新或最贵的，合用就好。这样就不会动不动花大钱解决问题，而可彻底遵守简朴、节约的原则。

洗

“洗”是我加上的一项，就是洗手、洗面、洗澡。洗是清洁的一个过程，古今中外有很多方法，也可以与健康相连，进而是静心修行的一个步骤，我也曾写过一篇《沐浴的礼赞》详细描述。还有另一篇《生活圣祭化》将洗的意义提升。盐寮有一条幽静的小溪，在一座桥下相当隐秘，前有大海，后有青山，并有花草树木围绕，溪水潺潺，源源不绝，我们洗澡、洗衣都在这里，就像个“天然大浴室”，真是上天的恩赐。（另请看《露天洗澡》篇）

人生最后省思

老病

人从头到脚还要思考的就是老病的问题。人如果已到了清心寡欲的境界，回归自然，过简朴生活，当然老病就不再是问题了。可是人偶然还是会疏忽，或难免为世俗所扰，而身陷困境，为病所苦，这就需要学习一些健康之道，一是强身本领，二是避免病源，三是治疗功夫。这些道理可有中西之别，古今之分，各家各派，各有根据。我们

一般人没有经过系统的训练学习，难有一套整全的健康之道。但是人身是奇妙的组织，有很多系统都牵引全身，我们只要把握一套，持之以恒去应用，就能奏效。

现代西医是以局部、对抗、铲除的理论来治标，不可取。中医或先人医学（包括所有古老文明国家在内）或自然疗法，则以整体、调适、强本的论据来考量，是根本之道。有很多方法非常易学如：断食、尿疗、脚底按摩、穴道按摩、刮痧、拔罐、拍手功、经络拳、甩手功、太极、瑜伽等；每一项我都学过，其中有几套还是我经常使用的护身符呢。其他强身运动当然还有很多，就看各人的兴趣而选择。这样，就可老而不怕，病可治可防，人不会恐惧，而能健康、喜乐、平安。

死

人一生不管活多久，最后终于要死，就是生命的结束。绝大部分的人都想过死的问题，只是迟早而已。除了那些年纪很轻，就遇到意外身亡的人，可能没有时间好好想一下。

想到死，就会想到何时死？如何死？病死、饿死、意外死、一睡不起……死时的感觉情况：痛苦或安详。死后如何处理？怎样安葬？葬在哪里？死后会怎么样？往哪里去？有什么事务放不下？财产怎么处理？遗嘱怎样立？自己如何被评定？这些都是传统社会或现代都市社会的人会想到的。

我们生活在盐寮，常坐在松树下，观海台上，大海边，所想的就完全不一样。人能活在当下，也要有死在当下的准备。死就像秋天的落叶，飘落地上，回归泥土；又像溪水往下流，最后流归大海；也像海水波浪，潮涨潮退，都是自然不过的现象，就顺其自然吧。

当然，在盐寮我们常做各种修行练习，思考生死的问题，顿一顿、最后一滴、拥有愈少愈自由、拿起放下……都在大自然的氛围之下，一切就按自然去处理。白天穿什么衣服，睡觉就穿什么衣服，死时也穿同一套就好。不必净身、更衣、穿礼服。死的那一天盖什么被褥，就用它把身体一包就好，因为在自然中身心随时是洁净的。我决定要树葬，全身埋在土里容易化解，化作大地养分，供给树木生长，延续生命。不必用棺材、骨坛、灰盒；不要火化，就不会浪费能源、污染空气，这些都是我一生要实践的理想，不要在死后违背！

这就是简朴、自然、灵修的生命实践。人死后灵魂就会离开肉身，升到他该去的地方，因为我已随时做好准备，去哪里，心里也知道的，就不必说，也不便说了。

预防

今天我们大部分人都生活在科技工业设计出来的都市里，无法远离尘嚣的人就会全天候被各种毒素污物侵袭，所以要明智地尽量避免：眼少看电视广告，少用电脑；耳避免各类噪音，少用手机；鼻少吸污气；口少吃鱼肉，油盐糖味精，煎炸炒食物；头身远离电压，辐射源头……

现代科技产品并非全是不好，我们要慎思明辨，妥当使用它的优点好处，却要小心避免沉溺其中。特别是最先进的电视、电脑、手机，差不多是每家必有，每人必备。我则坚持不要拥有，而在需要时才去找来使用。这需要明智的决定，随时的反省，目的就是要做一个真正的自由人。

决心实践

经过人生省思洗礼之后，就要有决心去实践，要有能力去实行，不是只有一时的热情浪漫就能达到目的。有决心要坚持，对理想要有信心，实践时遇到阻碍、困难时，就有能力智慧去解决。能力与智慧可以由虚心学习，事事请教，调整观念与思考去得到。因此，人就能摆脱广告的误导、物欲的羁绊、名利的诱惑、身心的困扰，而达到真正的解脱。当然每个人不会有相同的取舍标准，而可各自有他的重点看法，走出自己一条抉择的途径。

上面所谈各种小事，可能有人认为是芝麻绿豆，鸡毛蒜皮，不值得一顾，而我却甘之如饴，终生实行。除了是我经过反思后的生活理念，更是提升为一种修行的方法，正是盐寮净土由简朴生活走向自然、灵修境界的道路。因此我领悟了，并得到不怕穷、不怕老、不怕病，甚至不怕死的力量。

最难得的是，在来盐寮的千万人中，有一位完全接受我的观念，而成为了我的终身伴侣，一同彻底实行，并走向更远的目标。

（二〇〇六年九月二十日）

大海波浪壮
海邊淨心
千禧
立石修行
淨灘修行
和好操
石中見世界

自然修行

自然修行

人们来到盐寮，常常问我：“你们的祈祷室在哪里？”我会说：“不在耶路撒冷，也不在圣殿里。”大海在前、高山在后、穹苍在上、大地在下，这就是我们祈祷的地方。上主是无所不在的，他不会被囿限在一间人造的房子内，他在海上、在云端、在山头、在树梢，也在沙砾中、岩石上、花草里、溪流间，他更在我们的心中。我们可以随时随地遇见他，与他交谈，彼此聆听，相对凝视。在黎明、在清晨、在日出、在中午、在黄昏、在黑夜；在工作时、在游玩间、在吃饭中、在睡梦里；在晨操、立石、立竿、溯溪、步行、赏花、解放、沐浴、净滩……在每个当下。

盐寮净土靠山面海，后面是月眉山，前面就是太平洋，每间木屋的窗户都向东，每天开始的第一道光线会直接射进室内，蚊帐会被照得通红，起来就可以面对太阳静坐，与上天神交，或者登上瞭望台，或者下到海边大石上，迎日观海默想。其实只要高兴，一天工作之余，阅读之后，随时都可以到台上，到海边，静坐默想。晚餐后，睡觉前，我们都会围坐在一间最大的木屋地板上，彼此分享，分享感受、分享理念、分享圣言、分享人生。有分享，上主就在我们中间，这也是祈祷。

如果只有我一个人，我会读一段圣经，或者反省一天的过程，默想静坐，将整个生命交在上主手中，然后入睡。

在大自然里，祈祷由念而生，一念再成自己的言语、思想、情感，与上主交流相遇。情感交流应该是与主相遇的最高境界，思想、言语都是有限的，都被打了折扣，都不能达到全神原韵。除非不会用自己的言语、思想或情感，才需要借助前人已写好的经文、圣咏或歌曲作为祈祷的媒介。但用久了你就更不会用自己的情感、思想、言语与上主交流。

前人的祷词、歌词、圣咏是用情感、智慧或上主的启示写成的，虽然美，但终究不是自己的话。上主看重的是每个人自己与他交谈，而不是美丽的辞藻，更不是矫饰的文词。你可以不必用复杂的思想、设想周到的逻辑、有条不紊的结构，只简简单单的就像小孩子一样，只说:“爸爸，我爱你。”为上主已足够。

祈祷就是与主相遇，相遇时自会有仰慕、赞美、感恩、倾诉、祈求……祈祷不是只有祈求，也不应该只有祈求。要仰慕赞美上主，就应对上主所创造的一切美好万物尊重、爱护，不是只用言语、思想、心态，更应该实践在行为上，所以在生活中尊重、欣赏、爱护、不污染、不破坏天地万物，就是在祈祷。要感恩更不应只在口头上，也应该在行动上，就是要报答，报答在最小的兄弟身上，饿的给他吃，渴的给他饮，寒的给他衣，病患去看顾，流浪则收留……要倾诉也不必唠唠叨叨，大小无遗，上天是全知的，他都知道我们要说什么、要求什么。

与主相遇到了最高境界，就不需要用任何文字、语言、思想、歌咏，而只要含情脉脉、一语不发、一声不响。这种相遇，也能达到相通，我们的孺慕之情到达他那里，他的恩泽也流泻给我们。

我们与上天相遇契合，也好像浸在海洋里，看不见水，感觉不到水；在空气中，看不见空气，感觉不到空气；在全光中看不见光线，而只看见光所照耀的东西，我们已存在于上主的怀抱中。

上天是无名的！我们尽量不要把“天主”“上帝”“老天爷”“阿爸父”“真主”“安拉”等名称、字样、形象及观念出现脑际，不然，上天就被这些有形的“××”局限住，我们就不容易遇到真正的他。上主是爱、是真、是善、是美，大自然都是爱、真、善、美，所以我们到处可以遇见他。

上主是无限的，无限对人来说就是“空”，我们只要掏空心灵，准备一颗纯净的心，不装载自己有限不全的意念，上天就能进入我们的心，与我们契合，充满我们。要空就需要放下、舍弃、静心、入定，入定就能天人合一。

一般人定了早晨、中午、黄昏作为祈祷的时刻，是怕白天太过专注在工作中而忽略了，这三个时刻比较宁静清醒。在大自然里，整天都在接触上天，就不必一定在早晨、中午或晚上祈祷了。又有些人习惯早上将一天的生活工作交托在上主手中，到了晚上又会将一夜的睡眠交付，这是为了安心的缘故。如果我们习惯了随时准备好，将整个生命及一切都交付在上主手中，那就更安心了。上主是时间的主宰，不受时间的限制，我们在什么时候祈祷，对他其实都是一样的。

祈祷，与主相遇，开始于一念之间，也成就于一念之间。在大自然里，整天整日，时时刻刻，都是在这种氛围之中，清晨鸡叫，太阳东升，泉水盥洗，野外解放，锯木砍柴，生火起灶，挑水做饭，除草种菜，溪流洗濯，日落西山，休息睡觉；或是海边散步，登山远眺、溯溪攀岩、采野菜、摘野果；甚至阅读、写作、歌唱分享……在在都是与主相遇相亲的机会，只要一心一念所至就成。这真是：“日出而作，日入而息，汲泉而饮，采野而食。”这又是：“登山迎日出，卧石送夕阳，徒步行山径，浴沐溪流中。”这更是一种修行呢。

在大自然里的修行是“乐修”。当你自愿舍弃了都市的生活、物质的享受，过一种清静无为的修行生活时，无处不是自由、平安、快乐的。舍弃的愈多，自由、平安就愈多，快乐也跟着愈多，因为舍弃之后，就没有牵挂，不需要挂虑世间的名利权势、身份地位、人际关系等虚假的事；没有忧虑，不必忧虑吃的、穿的、住的，只要自己动手，简单最低的需求很容易满足，上天也自然会照顾；没有恐惧，不用怕失去任何东西，因为一切世俗的物质都已不在心中，内心就会自由、平安、快乐。因此这“舍”反而是“得”。耶稣也说过，谁舍弃自己的生命，就会获得生命。这自由、平安、快乐是舍弃之后的自然结果，而不是刻意追求的目的。

在优美安静的环境、清新的空气、开阔的山水里修行生活，心情是愉快的。人在这样美好的环境下自然会感动而快乐，也会感谢赞美天地的主宰。上天愿意看见人是快乐的，人大可不必自找苦吃。因此在大自然里的修行生活是自由自愿的，精神健康的，快乐非苦的。可以体验到造物的伟大，宇宙的和谐，人间的共融；身心灵的平衡，天地人的合一。你何妨也来一试，一起同修。

（二〇〇七年八月十三日）

溯溪迎日

溯溪是一种很好的户外活动，也是一种体能训练运动。溯溪可以有平稳慢步走向上游及要攀爬登高而上的不同状况，各具特色。

盐寮净土背靠花东海岸山脉，因地利之便，具有各种特色的溯溪可能：紧邻的九号溪和距百米之遥的八号溪都是陡斜急升的溪涧；远离一二千米另有十号、十一号溪，则是平缓的溪流。平缓溪流高低变化不大，只是缓缓向上而行，两岸峭壁高耸，不易攀登，虽无猿声啼叫，却有鸟唱不停。夏天溪水潺潺，常要涉水跨石前进，可是会有一种危险出现，就是当上游突然下雨，溪水会快速暴涨，淹没溪床，人会被冲走失踪，甚至撞击到石头而丧生。这需要随时注意上游方向的天色，有乌云密布时就要赶快离开。

八号九号溪则溪床变化多，巨石嶙峋，小瀑布层层，水潭处处，树竹丛生，常常需要攀爬的技能才易登上。溯溪之余，还可以欣赏鸟语花香，和冲水、浸浴、游戏的乐趣。

九号溪就在净土旁边，好像是我们的独享。我们每天到溪里洗澡洗衣，多少都需要溯一点溪、行一段路，但大家想一起溯溪时就要特别安排。

我们溯溪不只为了活动或运动而已，还加上深一层的意义，就是溯溪迎日、溯溪探源、溯溪修行。为了三个目的都能达到，就要在清晨出发。

大家黎明即起，先到溪里洗脸刷牙，提神醒脑一番，盥洗用具就地放在大石上，即可动身。我鼓励大家脱去拖鞋，光着脚溯溪。溪石长期被水流冲击，平滑舒适，光脚可以直接与石头接触，增加与自然的亲切感，也可吸收天地的磁场正气。这与登山队、溯溪队全副武装有不同的态度与感受，我们是为了亲近、接触自然，尽量坦然相见，而不是要安全、防范、隔离，所以装备愈少愈好。遇到水潭就可赤足涉水而过，有巨石挡路，则可手足并用攀崖而上。

溯溪第一个目的是迎日。九号溪上游多陡峭，有裸露的崖壁，可

以俯览山下村落，也可远眺海洋，在大海的边缘就是日出的东方。山上迎日出有特别的感受，视野开阔，天空、海洋、陆地、山峰连成一片，可以看见三百六十度朝露云彩的流动，是真真实实的身历声色形影的感觉。如果地方够宽敞，还可以做一下简单的迎日操，更有意思。

溯溪第二个目的是探源。溪流的源头可能上到最高的山顶，但一些山坳的崖石缝隙也常会渗出泉水来，以前的原住民会用剖开半边的竹竿来接引使用，这些泉水真是清甜可口呢。知道了溪水源头所在，想要活水清泉就可以到这里来取用。如果有宗教信仰，还可以联想到活水清泉的灵性意义。

溯溪最后的目的是修行。在赤足步步上溯的同时，反省人生的崎岖路，以及如何克服？在向上探源的长程旅途中，思考一下人生的最终目的是什么，及如何才能找到正确的答案？在迎日感受到灿烂光辉的云彩时，是否领悟到一些正向积极的人生意义和希望？如果都有所得着，这样溯溪才更有意义，而不只是一种健身运动而已。

（二〇〇七年七月二十七日）

清晨一滴露

大自然中，水是特别美妙的，它除了上升成云，下降为雨，冻结成冰的形状变化外，最近有人将水结晶后，观看它凝成的雪花，显示出外在环境对它所作所为的反应。

我也发现，水在反影阳光的色彩时，同时表达自己的各种心情变化与成长过程，虽然不是科学的实证，却是感觉的体验，足够享受半天。

我住在台湾的东岸，窗户向着东方，早上太阳由海平面升起，阳光就会射进屋来，光线照在屋前的树叶上，显出一片绿意盎然，每片绿叶都晶莹剔透。

前一天，下过雨，屋顶还有雨水慢慢由屋檐滴下，雨珠渐渐凝聚，闪耀出灿烂的金红，抢眼夺目，吸引着我凝神注视；水珠会愈聚愈大，由金红转晶黄，又大一点，再转晶绿、晶紫，饱满了，叮当一声，滴落地上，这珍珠一样的水滴刹那不见，一切回归宁静无影。

无须多久，等待片刻，或者稍一分神，那金红水点就再出现，继而又由红而黄、而绿、而紫的转变，慢慢又孕育饱满，瓜熟蒂落，叮当一声，回归寂静。

这好似一种心情的变化，红色高兴，黄色平和，绿色喜乐，紫色沉寂，最后消失。这也好像一个成长的过程，由红色的金彩年华，长大到黄色的稳定阶段，再转变为绿色的飘逸轻松，慢慢成熟变紫，等待收成。

我不知屋顶上还有多少雨露，这晶珠的形成、聚集、满孕、掉落的过程，吸引了我早晨好大半个钟头，也正好是我的静悟时刻，引发我一次意外的遐想。

大自然中都是美，只要用心注意，就能发现，只要耐心欣赏，就能看见美，这美虽然只存在于瞬间，只要能把握，就是永恒。

（二〇〇七年七月十四日）

早晨喝尿

“喝尿？”一般人骤然听到，一定会皱起眉头，捏着鼻子，感觉不可思议。不过，了解了这是怎么一回事之后，就知道这可是认识、相信、依靠、察觉自己身体很好的一门修行功课。

认识身体各部分组织的特性与功能，了解自我，尤其是尿液系统。因为认识就会爱护自己的身体。

相信身体有自我疗愈及净化的能力，不必外求。

依靠身体的自愈能力，平时及需要时，保持健康，应变自救。

察觉身体的健康状况，而调整饮食、作息、情绪、环境等因素，身心常乐。

上述几项如果都了解而清楚，就能克服对“尿”的心理障碍，而乐于接受“早晨喝尿”的观念而实行。

在盐寮之初，有两位女士来到，她们专程北上，要去告诉一位患绝症的病人一种特效方法而路过，可见她们的诚意与爱心。在晚上分享时，年长的说，“尿疗法”可治病，保健康，现在已有非常多的人在实行，她详细说明了它的根据和效果。

我有开放的心性，对新鲜理论，尤其是简单自然的事物都能接受。

对“尿疗法”我觉得非常合理可信，第二天我就开始尝试了，觉得很容易。早尿热腾腾，就像青草茶，又像热啤酒，淡淡的只有一点点咸苦味，不臭不臊。因为我已开始素食，又吃得清淡之故吧。早晨第一泡尿是经过一夜的浓缩积聚，最为有效；又因为是刚出炉，尚未变质，而纯净无臭，其实尿是全天任何时候都可以喝的东西。

尿是人体内的东西，最自然不过；只要拿个杯子装了就喝，也最简单不过；不花一毛钱，推介的人不赚你一分钱，还送一片好心，最便宜不过；推介的人有亲身治愈的经验，没有什么好怀疑的。

试了第一次就不难了，后来几天早上我都喝，想不到我咳嗽了十天，以为是小时候的百日咳复发，三天之后竟消失于无形。当我喝尿的时候完全是抱着尝试的心态，没有想到要治病的。

我相信尿疗法是有道理的：尿是血液经肾脏过滤处理后的液体，是血液的一部分，是身体没能完全吸收或未使用完的东西，仍然含有很多有用的物质，特别是阿摩尼亚（尿素）、酵素、荷尔蒙、维生素、蛋白质和很多微量物质等以及身体针对某些疾病而产生出的过多或只用过一次的抗体，这些都是好的东西，而不是废物，只是跟随身体内多余的水分而排出来。废物看你如何定义，只要你懂得利用，可以使用的都不是废物。

人未出生之前，在母亲的子宫里，就是靠这些液体（羊水）循环于胎儿的体内外而得到养分，整个胚胎及羊水都是有营养的东西。看看胎生动物生产后，母亲会把整个胎盘吃掉，可以为证。人因为心理作用才将胎盘、羊水、尿等东西视为不洁之物。

尿有治病的功能，中国几千年前的医书已有记载，日本、印度也有流传。中国古时的皇帝生病，就有服用“黄金水”的例子，或叫“回笼汤”“生命泉”，名称好听，其实都是人尿。

疾病如果是由于外界细菌入侵，人的身体会产生相对的抗体以防治、对抗，用过的抗体或有多余的，就会由尿排出，喝尿等于利用抗体和病毒再打一次仗，这不是很好的策略吗？人如果生重病，尿量少或味浓难入口，就有所谓“童子尿”可以代替。西医可能会说尿疗法没有科学根据，但现在的科学所知仍然非常有限，这些都是西医所不知的事实根据，不能否认的。

第二次世界大战，日本军队侵占东南亚各国，很多士兵患了性病，但药物缺乏，军医想起古书中的记载，就命士兵服用自己的尿当药，结果很多人都好了，甚至身体其他的病症也消失。台湾南部曾有一位老先生去办理户籍登记，办事员不相信他年纪有这么大，因为他头发乌黑，面色红润，后来有邻居证实无疑。问他何故，他不好意思地说出，是长年喝尿的效果。后来为传媒宣扬开来，人人皆知，而且积极推广：尿能治病、养颜、强身。现在尿疗法在台湾已不是新奇的事了。

屎、尿、胎盘其实都不是废物。屎是猪、狗、鱼、虾喜爱的食物，还有营养价值；尿是人自己治病的良药，童子尿更有药商收集，提炼其中精华的原料；胎盘最近也有人发现其医学价值而收购。

以前长期航海的人大都知道，船上缺水的时候，尿就是救命的仙丹灵药。台湾九二一大地震，台北某大楼倒塌下陷，有两兄弟被压在底下，经十多天才被挖救出来，大家都觉得他们的生还真是奇迹。他们则表示，救命恩人是自己的尿！这十几天是靠饮自己的尿维生的。

我自从认识尿疗法，就经常实践早晨喝尿。平时我没有什么病痛，就看不出喝尿的特别功效。只在偶尔被蜂、虫叮咬时，马上用尿敷在伤口上，疼痛肿胀很快就会消失，比什么药都更有效，因为尿里的阿摩尼亚是碱性，能中和毒液的酸性。

尿疗法是出外长途旅行最方便的随身医药。有一年我和几位盐寮之友旅行世界各地，大都是比较落后的国家，我身上没有带备任何药物，仍然感到心安，依靠的就是尿疗法和断食法。因为路上我饮食小心，每天早晨喝尿预防，就没有生病的意外发生，当然身体的适应力强也是重要的原因。

喝尿还可以作为观察身体健康状况的明显方法，当身体劳累、睡眠不足、心情不佳、精神疲乏、食物过油过咸过多、吃肉、饮酒……尿的色泽与味道都会呈现不同的情形，喝起来味道是浓烈苦涩的，这时就知道应该检点、节制、调整、改变生活作息与饮食习惯；或者注意稳定情绪，保持心情开朗，甚至变换环境，恢复正常，回归自然，以免积疾成病。人如果素食，常吃蔬果，少吃酒肉腥辣，不抽烟，不吸毒，尿的味道是清淡可口的；前一天晚上多吃水果，早尿还会有水果清香的气味呢。身体就真是洁净无污了。

人的身体就如一个小宇宙，神妙莫测，现代医学虽然已非常进步，但对人的身体仍然所知有限。我接受“喝尿”并不单是看重它的治疗效果，更因为它是自然的事，也就是在大自然中生存之道的一部分。我经常喝尿，对自己的身体就多了一分亲切感。人在面对宇宙大自然时，最需要的就是谦卑、感恩、接受、信靠，才会获益，这些又都要修炼修行才能达到。

（二〇〇七年八月十一日）

野外拉屎

野外拉屎是回归自然的一个修行项目。首先要有一个淳朴、接近自然的心态，把它看做最自然的事；其次要身在野外、自然的环境中，因为大自然能消化任何自然产生的东西；事后要有妥善的处理办法，不会影响旁人的生活，更不会产生任何环境污染的后遗问题；自己也要懂得身体的自然而清洁的净化过程。这不是随便拉了就走的简单行为。

在大自然中，所有动物都是在野外拉屎拉尿的。人也是动物，在集居一起之前，也是随处解决大小便的，大自然总有消化的能力，并将它吸收。

当聚居人数众多，屎尿味臭，居住的地方与解决大小便的地方就需要隔开。在远离居住地方的定点，就有茅坑厕所，这就是人类的文明发展。文明进步，人口继续集中就成为都市，人口动辄十万百万，居住面积小而稠密，厕所就不能在远处，只好与吃饭睡觉的地方在一起，因此才发展出今日的抽水马桶、化粪池、卫生下水道、污水处理厂等连串设施。

在人口没有那么密集的地方，仍然使用传统的茅坑水厕，人烟稀少的地方，仍然是随处解决，野外拉屎。中国大陆的乡村地方，很多还是与五十、一百年前一样。南方多水泽，茅厕就在鱼池之上，搭起棚架，屎落池塘，鱼儿争吃，是一趣景；华北干旱，茅坑多在猪圈之上，人要上厕所，但闻脚步声，猪儿就已昂首等待，屎一下坑，一忽儿就被吃光光；大漠南北，风沙强劲，人迹罕见，就地解决，屎条一下子就变成干肠，一点儿气味都没有了。这些地方我都去过，都是亲身的经验。

记得小时曾住广东新会县潮连乡，珠江流域上的一个小岛，家里有茅坑，茅坑积粪满了，就有人来收集水肥，拿去种菜。小孩子不敢蹲在茅坑上大便，怕掉下去，满身脏臭，就用一个便盆解决，然后再倒到粪池去。稍大后，仍然不喜欢到茅坑，就跑到比较远的鱼池去上厕所。我就读的小学的厕所也是在鱼池上。祖父是校长，又是文人诗客，有一天他兴之所至说故事：才子唐伯虎小时候顽皮任性，随地便溺，但天才横溢，气概不凡。有一次灵感来了，随手写了一副对联："屎落池塘惊动满天星斗，尿淋壁上画出万里山河。"真是妙对绝对，把江南景色写得活灵活现，而且很有气魄啊！

我到盐寮初期，借住邻居的茅屋，每天大小便都是野外求生，每天可有不同的选择，紧张又刺激，因为还是怕被别人看见，久了就觉得这是一种乐趣。后来自学瑜伽，想到印度人大便之后用水冲洗的智慧，欣然接受，尝试之后，更觉得舒畅愉快。自此之后，就很少进厕所，更不用卫生纸了。

每次野外拉屎，配合用水冲洗的方法，就近的地方有水，当然没有问题，没水的地方，只要准备一小瓶或小杯的水，就可以清洗得干干净净。方法是先将左手无名指或中指弄湿，然后用那湿手指轻轻抹肛门，一边抹也一边用水清洁在肛门外的屎迹。轻抹、冲洗两三次后，屎迹已去，就可用湿指前后左右擦拭肛门，进一步还可以深入肛门彻底清理，按摩一番，每次动作后，都要用水冲洗手指。最后多搓揉冲洗几次，肛门手指就都干净，用弹指功手指的水滴就会脱离，再按摩一下肛门周围，抹去余下的水分，就可结束。内裤虽然有一点潮湿，但不会被污染，洗涤就容易。肛门干净后，加以按摩，可防止便秘、痔疮，真是一举数得。

野外拉屎，最重要的就是不要造成自然的污染，在陆地上粪便一定要掩埋妥当。如果使用卫生厕纸，不可乱丢，也要掩埋或烧掉，当然不用厕纸是最好的。

盐寮海岸狭长，人口很少，野外拉屎一点都不会造成污染问题。我们在山上有一竹林围绕的静修小屋，偶尔才有人居住，园内种有不少果树和杂树，在树旁挖一个坑就可以拉野屎，拉完屎，堆土一埋，就解决了，以后就是很好的肥料。净土旁有一溪涧，水流急湍，不到百公尺就可入海，在这里拉野屎也没有问题，屎冲到大海就是鱼儿的食物。其实不用到海就没有了，因为溪流中岩石错综，造成不少水洼小池，其中有不少小乌龟、小鱼儿、小虾子、小螃蟹居住，它们都需要食物。我每天野外拉屎后，它们就会把屎吃得一点都不剩。每次看见小螃蟹从石缝中爬出来抢食的样子，真是滑稽可爱。在海边沙滩或草丛中拉野屎，更是没有问题，盐渍风干都是很好的处理方法，最后会回到土壤变成肥料。

野外拉屎，另外还有一好处，就是可以坦然地了解一下自己的身体状况。本来粪便检验是医生的专职，但是只要有一点基本健康常识，自己也可以观察得到。每次我拉野屎之后，都会欣赏、观察一番：如果吃青菜野菜较多，屎是深绿色而长条的；如果吃水果多，屎就较黄；如果屎是深黑色又干硬，就要注意增加蔬果及水分的吸收了。拉屎一天一次是起码而正常的；二次三次更好，肠胃随时清空；如果两天才一次，身体就有问题，需要注意了。

有一天晚上分享时，有一位朋友引出了“拉野屎”的话题，有不少人回应，原来平时大家忌讳，一旦有人大胆开头，其实很多人都有这种经验。在美国登山露营是准许拉野屎的，森林公园管理员料到人们需要拉野屎，规定入山要带小铲子，用来处理掩埋所有废物，否则受罚。没有明文规定的地方，就顺其自然吧。

来盐寮住的时间较长或者来的次数较多的人，我都会向他们提起拉野屎的乐趣，也建议他们尝试，不过真尝试的人不多。有一位在这里住了很久的女孩就能全然接受，而且成为每天的习惯，不但拉野屎，也不用卫生纸，拉后还痛痛快快地大洗一番呢。

野外拉屎对于在都市居住的人来说，有点像天方夜谭，或者只能与原始民族联想一起。但在乡村郊野居住的人，却是自然不过的事，小时候可能都有过在田边溪边拉野屎的愉快经验。

要回归自然，这是一件可以尝试的事；要选择适当的时候、适当的地方进行，还需要一点头脑，不可随便乱拉；要做得自然而无碍，则需要一点修行的精神。

每天我跟着太阳起来，静坐一会儿之后，伸展一下筋骨经络，喝一大碗水，就去找那阳光最好、心情最顺的地方拉野屎。有时是面对大海日升，海浪一波波的冲上来，有助胃肠肛门的节奏；有时是胯下溪水奔驰，也有助出便的流畅，这时“屎落青龙现，尿出黄河流”，真是人生乐事，快哉！快哉！

（二〇〇七年八月十一日）

露天洗澡

露天洗澡是返璞归真的修行项目。人身如璞玉，返璞即回归自身；露天是无邪归真，洗澡是人净化的过程。

要回归自然，在大自然里生活，露天洗澡，是天经地义，自然不过的事。盐寮靠山面洋，西有花东海岸山脉，东有太平洋绵延，人烟稀少，最适合这样的自然生活。

人光溜溜地来，也光溜溜地去，是自然的现象。小婴儿光溜溜地由母亲的肚子里跑出来，没有人感觉不妥，还更喜欢拥抱、亲吻；老人去世后光溜溜地任人摆布、梳洗，也没有人感觉不妥，只是怀着虔敬的心情。

其实大多数人都有不穿衣服的欲望，这是天性。看，小孩子就不喜欢穿衣服，夏天哪个小孩不希望脱光衣服在水里嬉戏？大人也一样，在游泳池、河川、海滩，穿得愈少愈痛快，最痛快就是在浴室里脱光光洗个冷水澡、热水浴。很多人进到浴室就不想出来，因为不穿衣服的确非常舒服愉快。

在我们的社会里，有别人在场的时候，你就不得不穿衣服，这是道德、风俗，为什么有这种道德风俗？因为在别人面前你不可以太纯真、坦诚、信任、亲密……不然会引起不良后果。但是如果两个人都有足够的纯真、坦诚，互相信任、彼此亲爱，就可以赤裸相见，就如夫妇之间、父母子女之间，或者在原始民族、日本浴堂、北欧三温暖、印度修行者及天体营里……我相信在天堂里，人是不需要穿衣服的。

人最初是赤裸相对的，就像亚当和夏娃的样子，但自从他们吃了禁果之后，就觉得害羞而要穿衣蔽体，这个“禁果”就是欲望，“害羞”就是私心。人有了欲望就会有私心，有了私心就需要遮掩，无欲无私就能坦然相对。人可以经由修炼修行去掉欲望与私心，或在纯真坦诚互信亲密的气氛下，克制欲念与私心，原始民族本来就如此，日本的浴堂里也做到了，天体营更标榜这种精神，有不少现代家庭也用这种方式生活及教育子女。

在盐寮，我们有自然的环境，有清澈露天的水池，来的人都喜好自然简朴的生活，也能纯真、坦诚、互信相待，所以在这露天水池洗澡，就是很自然的事，虽然不是主动给别人看自己的赤身裸体，但也不怕被别人看见。男生当过兵的，露天洗澡习以为常……女生露天洗澡的时候，只要告示过路的人等一等，“有人在洗澡”，也就安心地洗了。

来盐寮体验自然生活的人，露天洗澡是一门必修课，绝大多数的人都能通过，只有很少数的人不敢尝试。男生都觉得痛快淋漓，女生则觉得新鲜有趣。很多女生在分享时，都说是平生第一次，非常兴奋，因为都克服了那最大的心理障碍，女生由国小到四五十岁都有。有些常来的女生说，对露天洗澡上了瘾，尤其是在月下洗澡，更是诗情画意。夏天夜里，还要再洗一次澡才能入睡。在自然的地方，露天洗澡

潺潺流水不間斷，
隱祕又清涼！
早晨沐後喜迎朝日；
黃昏浴罷歡送夕陽；
賞心悅目愉快舒暢！

天然大浴室

佛寺橋下九號溪，
面對海洋背靠山，
左石牆墩高屏障；
樹叢野草隨風動。

區紀復
二〇〇九年

是自然的事，天真无邪，没有人会用有色眼镜来看你，可以坦然面对。

我住在盐寮多年，除了天气太冷或者访客太多，我都是在泉水里露天洗澡，洗完澡洗衣服，一贯作业。白天洗澡，常有蓝天白云，清风丽日，心旷神怡；晚上洗澡，又会有明月繁星，虫唱蛙鸣，别有情调；最怕是黄昏洗澡，蚊子出动猛叮，只好匆忙了事，但一天劳累汗臭清洗后，还是有舒畅的快意。

洗澡是人身心灵净化的一个过程，尤其是在露天的环境下，早上洗澡完毕，可以迎接朝阳，下午浴罢，可以挥别落日，都有阳光照射着身上的水珠，散发出彩虹光芒，产生电波，身体因此吸收到太阳的能量而充满精神。这时全身赤裸，立于天地之间，只要加一点谦卑、忏悔之心，就会得到上天的福佑，身心灵得到真正彻底的净化与新生，纯洁无玷，俯仰无愧，到达最神圣的一刻。

（二〇〇七年八月十二日）

石中见世界

无论你现在是在什么地方，只要你闭上眼睛，我就可以带你去一个特别的地方，这个地方会使你终生难忘。

现在你可以闭上双眼，放松心情，慢慢呼吸；你的身体变得轻飘飘的，慢慢升起，升到高空上，坐在浮云中；微风吹来，浮云就向东飘去，飘过南中国海，到了台湾海峡的上空；看下去，有个叫做福尔摩沙的岛，是个宝岛，风景优美。云朵越过了中央山脉，这就是东海岸，太平洋的海岸；有个叫盐寮的小村，聚集着一些原木屋，淳朴优雅，设计特别。庭院里树木茂密，高架的瞭望台上坐着一个白发长胡的老人，他远望着海上明月，怡然自得，这正是（括弧内的字读与不读各有韵味）：

明月（正）当空，浮云（轻）飘送，光芒（照）海中；
净土（在）花东，观海（高）台耸，静坐（一）髯翁。

如果你愿意，也可以到这观海台上静坐，欣赏海景，可能也会有所领悟收获。

石中見世界花草現天堂滴水借無限大海悟永恆

在盐寮村的海边有很多非常美丽的石头，每一粒都有不同的大小、形状、色泽、图纹。这些石头在这海边不知存在了多久，因为千万年来地壳变动、海浪冲击，使得石头互相碰撞摩擦，而成大小不一、形状各异，但都圆滑光润，多成卵形，不至头角峥嵘。石头是由各种不同成分造成的，因此每一粒的色彩、色泽、花样、图纹各有变化，多彩多姿。就像人类一样，千变万化，各有个性，每一个都是独特的不一样，各有各的天地，自己的世界。每次到海边观石赏石，都有愉悦的心情，而有所领悟——对他们每一粒都要尊重、爱惜，不要据为己有，只供大家欣赏。

石中见世界

盐寮净土里满植花草树木，多样而不单调，且都顺其自然，任其随意生长，不特意整理，更不人工修饰。这是跟着自然绿色生态理念而为，所以十多年来净土里的草木就愈来愈茂盛繁密，现出一种上天特别照顾的乐园美景，人活在其中，感觉安宁、舒畅、陶醉，这不就是地上的天堂了吗？因此——多种花草树木，尤其在心灵上，地上就到处可见天堂了。

花草现天堂

这里过的生活是简朴、惜福的，物尽其用，节约不浪费。尤其每天必需的水，是从远处山泉溪涧挑担回来的，所以用水的时候就点滴珍惜，洗米水洗碗，洗碗水浇菜，洗菜水洗手，洗手水冲厕；溪水洗澡洗衣，雨水洗衣冲厕……尽量一水多用。饭后以开水涮碗，喝掉，碗就不必另洗了，这是最彻底的省水修行。这样虽然有源源不绝的泉水溪水，也不致养成浪费的习惯。这可是——惜福，由每一滴水开始。

滴水惜无限

到海边静坐，最感动的是面对大海的震撼，大海无边，一望无际。不论日出日落、月圆月缺、潮汐涨退、风和日丽、微风暴台、风起云涌、翻波巨浪、万马奔腾……它都显出无限、伟大、独特的气势。习惯了在海边生活，而且时常注意观察，只要细心静听海浪的声音，就可以大概知道上面各种天气的变化。大海的波浪千万年来都是恒常地起伏，不分昼夜寒暑，也不分朝代更替，人在大海面前实在是短暂、渺小、卑微，而体悟到永恒是什么——面对大海，把握时光，进入永恒。

大海悟永恒

这就是在盐寮海边领悟到的道理，不虚此行吧！

（二〇〇七年七月七日）

大海波浪壮

我住在海边将近二十年，每天享受着海浪演奏的音乐以自娱，从来不需要人为的音乐，而且觉得那是多余的。

太平洋岸边有各种不同的海滩：有沙滩、岩滩、石滩、砾滩……海浪冲击不同的海滩会产生不同的浪花和声音，再配合各种不同的气候，那浪花和声音的变化就更多更大更美。

盐寮的海边都是砾滩，大大小小的石头，圆圆滑滑，跟着海浪的进退而滚动，奏出抑扬顿挫美妙的音乐。春夏之间，风和日丽，微风细浪，浪声温柔体贴，就像情人细语；当阴云密布，大雨将临，疾风迅雷，吹起白浪朵朵，真似阴森险恶、大难降临的警钟；在台风初起之际，强风由远处吹来，推动长条白浪，又像卷起千堆雪，或者万马奔腾，这时澎湃壮观，心跳加快，呼吸加速，人创的交响乐如何能比拟呢？！有时狂风巨浪，然后遇上暴雨降临，海面上的浪花就被打平，这是高潮迭起之后，又回复平缓的音乐节奏。

以上这些浪景浪声，如果再加配天空上的阳光、月色和云彩的变化，那就更富有神韵了。由早到晚都不相同：**阳光**——黎明曙光、晨曦初露、旭日东升、日出辉灿、阳光普照、艳阳烈日、黄昏日落、夕照晚霞；**月色**——月升月落、月明星稀、月黑风高、满天星斗；**云彩**——天朗气清、蓝天白云、浮云轻飘、彩云朵朵、白雾红霞、云雾迷漫、云消雾散、风云变色、乌云密布、风起云涌、翻云覆雨……真是变化万千，这自然海景用人的语言文字来形容也只能达到千万分之一二而已。

人要能好好欣赏这些海浪的景色与音乐，先要培养出宁静的心神和喜悦的心情。立石立竿可以修得宁静的心，体操跳跃可以炼出喜悦的情，这样才容易领会大自然中的音乐。就算在万籁俱寂、无风无浪的夜晚，也可以享受到难得的“无音之乐”。于是实在没有必要带来人工的音响器具，更没有必要在海边敲敲打打制造噪音，机器扩音更是一种干扰。那些所谓乐器配合乐章所演奏出来的音乐，多是由大自然学习模仿而来，或者为那些远离了自然的人而作，也或者是为抒发个人的心情而作，在这自然的大海边，这些人为的音乐就都是多余的了。

大海波浪壮，无需交响曲，

静听万籁音，敲击自多余。

能欣赏、享受到自然大海的音乐，实在需要一点修行的功夫呢。

（二〇〇七年七月九日）

千禧迎日操

住在盐寮海边，每天醒来第一件感觉愉快的事情，就是看见日出的温暖与光芒，橘红的阳光照进室内的蚊帐顶上，感受到上主的来临；起床后看见满园绿树碧草，是第二个愉快的感觉，满怀感激。漫步到海边，但见海阔天空，旭日东升，波光粼粼，精神为之振奋，喜悦之情不觉举手赞美。运动后静坐，一切回归到内心的平静，只觉得人类进入第三个千年，世界是有希望的。

千禧年元旦有不少人专程跑到澳洲或纽西兰国际换日线的海边，观看难得的千禧年日出，在台湾也有很多人跑到花东海岸迎接千禧年首先降临台湾的太阳。其实地球长年绕着太阳转动，地球上每个地方、每天都会有日出日落，没有千年百年之分，更没有谁先谁后之别，这些都是人为的花样玩意而已。当然早上迎日确实是有意义的，接受光芒与热力充实人生。

我们几个人也起了个大早，五点半就在海边等候，看着天色的变化、云彩的辉映，太阳从海面上升起，散发出无限的光芒，大家兴奋地欢呼。太阳出来后，又没入云层中，不久又再出现，就像往常一样运行。我们在海边舒展筋骨，做着盐寮发明的“千禧迎日操”，作为这一年的开始。

“千禧迎日操”是我结合瑜伽与气功的简单方法所组成，可当做早晨的灵修运动，是在大自然中的灵修，可以称它为“东方灵修”，因为它的方式有一点东方精神；它也的确可以叫“东方灵修”，因为是在台湾东方想出来的，而且是向着东方初升的太阳做的。

迎日操是为迎接自然万物所依靠的太阳，太阳发光发热，是地球上所有生物的必需。以前有些民族缺少科学知识，以为太阳是万能的神，而对它朝拜。今天大家都清楚，太阳只是一个强力的发光体，而不是神。当然对它的感恩与崇敬还是应该的，因为它无条件地送给我们光和热，不论国家、民族或宗教的人民，一律平等。因此，我才称这操为“迎日操”，而非拜日操。

“千禧迎日操”方法与步骤

准备：

一天的早晨，在大自然中，面对东方太阳升起处，更好是赤足，怀着赤子之心。

安静片刻（深呼吸）：

双臂高举，左右摆扬，全身一起摇摆配合，表达早晨迎接日出的兴奋。

高唱“敞开我的心”一歌（唱三遍）：

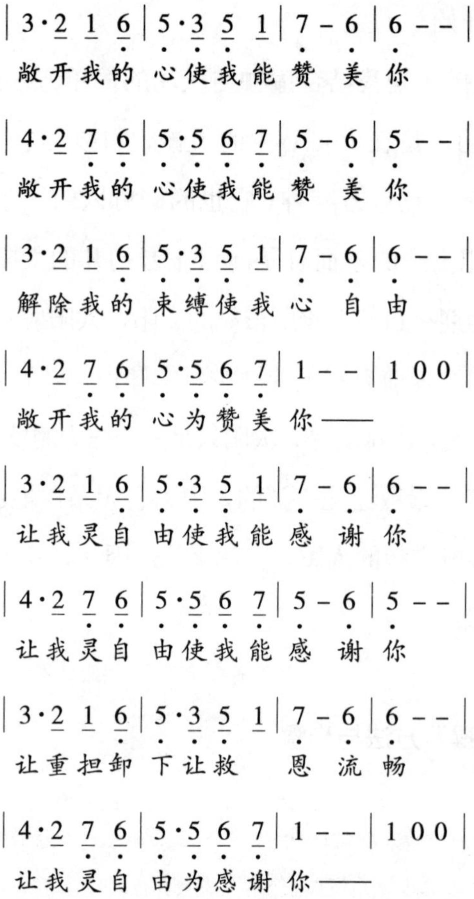

双臂放下：

安静片刻，调整呼吸，放慢节拍。

迎日祈祷：

太阳发光，照耀这个世界；

太阳放热，温暖每个人的心；

太阳代表上主、造物主、神，我们敬拜感谢您。

迎日操

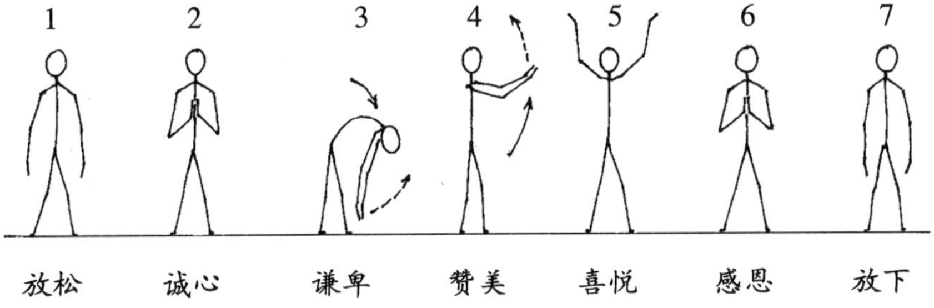

意向：

诚心、谦卑、赞美、喜悦、感恩、放下。

体操动作：

1. 合掌胸前（吸呼），意念：虔诚地朝向光与热的根源——造物主；

2. 弯腰垂手（吸呼），意念：谦卑地承认人类自我的渺小；

3. 合手前伸，向上张开（慢慢吸……），意念：赞美上主、神；

4. 双臂旁伸上扬（慢慢呼……），意念：表露喜悦心情；

5. 提手合十（吸呼），意念：感恩；

6. 垂手放下（吸呼），意念：平安。

动作 1 ～ 6 重复三次，结束。

千禧迎日操只是一个开始，年年日日都可以进行操练的。每当早晨日出，在大自然中，或在海边，或在山冈上，能看见太阳光芒的地方都好，这时也是静心修为的好时刻。希望你喜欢。

（二○○七年八月七日）

千禧和好操

公元二〇〇〇年是千禧年，它沿自犹太人的风俗，古老犹太人有所谓安息年，工作六年后的第七年休息，土地也休耕。七七四十九年为大安息年，土地休耕之外还要归还债务、释放奴隶、回归祖家、祈祷补赎。第五十年为禧年，一百年为大禧年，禧年在休息、还债、放奴、补赎、祈祷之后才庆祝一番。耶稣降生之后，基督徒仍沿袭这习俗与精神，于是在基督降生一千年、两千年时就有所谓千禧年的庆祝。

耶稣曾预言宇宙的大灾难，但时日不是人可预知的。在第一个千禧年来临前，有人说世界末日就到，可是没有应验。第二个千禧年前，也有很多人预言世界的末日，也没有应验。的确，人是无法预知世界末日的，我们只应常怀警惕之心，对自已要悔改，对别人要宽恕，对财物不贪不敛，对自然万物不破坏不污染，要珍惜，要爱护，不是因为恐惧，而是出于一份爱心。

我们有幸遇上了千禧年，犹太人的精神其实也适合我们在世界上的其他民族，盐寮净土无形中也呼应了这种精神而设。

在这第三个千年开始之初，即二十一世纪之始，人类面临最严重的是生态问题，如果顺着千禧年的精神——休息、还债、放奴、补赎、祈祷——我们应该有一种具现代特色的新的精神，就是“和好的精神”。

和好是要由自己开始的，及至他人、大自然与上天。

与自己和好是内外的整合，返璞归真、感恩、惜福；

与他人和好是和谐共融、互助合作、互相关怀、惜缘；

国家、民族、宗教之间彼此和平共存，求同存异，互相尊重；

与大自然和好是尊重、爱护、共存共荣，可持续发展，回归自然，惜物；

与上天和好是承认自己的渺小与有限，崇敬上天的真善美圣爱，惜天。

在千禧年之初，想到人生不过百岁，千年对人类实在是非常之长，也非常之难得，在庆祝之余，体认到宇宙自然的恒久和无限，而人类的短暂和渺小，就能以平常心来面对千禧年，也能以平常心面对人。所有功名利禄都是过眼云烟，没有必要去争逐积存，最重要的是实践及推行和好精神，重拾旧好，重建一个和谐的世界，于是我们就设计了一种“千禧和好操”与大家分享。

和好操着重和好，由近而远，由我自己与内心，到他人，到大地，到上天，由爱出发。由我到他人是新世纪的第六伦关系的建立，由我到自然万物是新的第七伦的开创，由我到上天之神是灵修的提升。

“千禧和好操”方法与步骤

准备：

在大自然中，最好是早晨一天的开始，团体相聚的时候，各人彼此面对，围成一圈，各自找一位好友，或是要重拾和好的对象在旁结伴。

安静片刻：

祈祷意向——实践和好：

爱惜自己、了解接受；

疼惜别人、关怀宽恕；

珍惜万物、爱护自然；

顺天敬天、谦卑信靠。

体操动作：

1. 双手于胸前合成心形（吸呼）

意念：和好要由内心出发，先与自己和好，反省自己身心灵的整合、平衡；

2. 双手所成的心形往前伸出（吸呼）

意念：将爱心、关怀与善意送出；

3. 双手轻轻打开，像拥抱一个人，亦可与身旁好友互相拥抱（吸呼）

意念：与人和好，求恕与宽恕；

4. 双手回到胸前，再合成心形（吸呼）

意念：关心自然生态环境；忏悔曾经造成的污染、破坏、浪费；

5. 双手向前伸出，大大打开，像拥抱一棵大树（大吸呼）

意念：与自然和好，净化、保护、博爱一切万物，像手足之情；

6. 双手再回到胸前，合成心形（吸呼）

意念：人在宇宙中是渺小、有限的、低头谦逊；

7. 双手尽量向上张开，像拥抱世界、天地、宇宙（大大地吸呼）

意念：唯有创造万物之主是至高无上的；

8. 双手又回胸前，合成心形（吸呼）

意念：一切重归于好；

9. 双手左右垂低放下（慢慢吸呼）

意念：感恩、平安。

动作 1 ~ 9 重复三次

最后：

静默片刻，合十，画十，结束。

和好精神是二十一世纪新的精神，每个人唯有与自己和好，内心才会平安；与他人和好世界才会和平，大同世界才会出现；人类与自然万物和好，人类与万物才能持续生存下去；人与上天和好之后，世界才会变成一片净土乐园。希望大家将这和好的精神推而广之。

（二〇〇七年八月七日）

海边净心

人住在海边有很多的享受，有很多的获得，有很多的领悟，只要你静心去聆听，用心去观察，细心去联想，就容易得到，但这些听、观、想还要有净心的基础，才会得到好的果实。

《大学》有云："知止，而后有定，定而后能静，静而后能安，安而后能虑，虑而后能得。"这"止定静安虑得"的过程首要在知止，最后才能得，但不知会得到什么呢？要看这前进的过程往哪个方向发展了。有些人思虑不通，就得不到；有人考虑偏差了，就得不好。

知止，就是停下脚步，放下日常工作。有宗教情怀的人会找个安静或有灵气的地方退修，避静，省察，反思。盐寮净土欢迎善意有心人来体验一下简朴的生活，或者顿一顿，这就是止的第一步。这里得天独厚，有山有水，溪流大海，滩石连绵，是定与静的最佳环境。这里又有树木竹林，木屋庭园，是很好的安然处所。这里生活简单，日出而作，日入而息，汲泉而饮，采野而食，使人清心寡欲，思虑不易偏差走歪，反而畅通。再加上海边的净心修持，顿悟得着就不难了。

海边净心特别浪漫，可以先选好一块喜爱的大崖石，坐在上面，用动态静心的方法，专注着，大海波浪壮，静听万籁音，都能使人由动而静，经过大动而平静下来。长久的浪进浪退，冲击磨炼，而且呼吸有调，吐纳均衡，由听而观而想，由眼而耳而心地跟随，心灵就容易达到净化，最后就会有所得了。如果你有恒心，每日海边净心，得到的就会更多。

（二〇〇七年七月三十日）

立石修行

花莲海边有很多的石头，大大小小，圆形、椭圆形、鹅卵形、扁圆形，奇形怪状，各式各样，各有特色，大家都安详舒适地躺在那里，互相依偎，和平共存在一起，可是却看不到一块石头是“站立”在那里的。这使我想起《圣经》里耶稣说过的一句话：“将来这里绝没有一块石头留在另一块石头上，而不被拆毁的。”（玛窦福音＼马太福音二十四章二节）

自然界的确很少看见有一块石头整齐地叠在另一块石上，更不用说一块石头“立”在另一块上了。世界上难得的，偶然发现有一块石头站立在那里，当地的人都会把它当奇迹出现，或认为是神灵显现，而对那石头膜拜，尊为神明。所以天然的立石是上天的杰作。

人为的立石就是将一块石头竖立在另一块石头上或地上，只要用双手扶持就能办到。一块大石长久立在那里不是容易的事，因为地壳板块会移动，而产生地震，加上风吹雨打，动物推撞等因素的影响，能维持不稳定状态下长时间站立是非常难的。

我们说石头立在那里，是将石头比拟为人的说法，人有站立、蹲坐、躺卧等姿势，立又有双脚立及单脚立的分别。人是长形的，立就

OTBALL

是长形向上的状态，重心较高；坐与卧重心较低，比较容易稳定。中国民俗有端午节立鸡蛋的传统，其实理论上，任何东西物件在任何时间都可以立起来，只要捉到它的重心位置就行。

我在盐寮海边，看见很多可爱的石头，就试着将一块石头立在另一块的顶上。这并不难，只要有耐心、细心，找它的重心平衡点就能做到，而且大多数的石头都能立得起来，偶尔有些石头头大脚小，或者立足点尖滑时，才比较难成功。当然这并不是绝对的，就看你的细心、定力、耐性等功夫了。于是我想到，这实在是一项很好的海边“立石修行”啊。而且立石时还是很好的静心时刻呢。

立石修行，首先要愿意接受这种试炼，有信心就会成功；其次是会欣赏立石的美感；然后是对立石的成就感到愉快满足，这才有动力去进行。立石过程中要修炼的是：找重心、调细心、练定力、磨耐心、增信心。

重心：立石最主要的基础是找到石头的重心，石头愈长重心愈高，就难以找到；石头上瘦下肥，重心就低，较易把握；石头底部宽平，重心稳固；如果一个人多一点几何物理的观念，重心的把握就比较容易。重心常与立足点、平衡感相连，互相配合，找重心的同时也可以找到立足点与平衡感。

细心：立石需要用双手拿着石头，扶稳，调整位置，找重心。石头底部宽平肥胖，重心很容易找到，有点像双脚站立，一下就站稳；但石头底部尖细或者下面的基石凸出，重心就要细心地找，像用单脚独立，摇摇晃晃，一不小心就会失去重心。这时双手及各只手指都要灵敏控制调整，丝毫不差，重心才会立在支点上，粗心大意是无法达成的。细心与专心是一体两面，所以修炼细心也同时需专心。

定力：立石时除了细心还需要有定力的配合，尤其是在微观调控时要心定手定才有把握。如果石头巨大，除了双手双臂辅助，可能还要加上稳定的马步，这就是另一种功夫了。

耐心：立石常不是一蹴就可及的，需要很有耐心，耐心地一试再试，左右前后，调整位置。耐心也常常需要细心同行，最后才能成功。

信心：如果你成功地立石一次，你就会有很大的成就感，而想再次尝试，建立多一些自信心。多次成功后，自信心就会愈来愈强，在为人处世上都会有所帮助的。

我喜欢找一块像人头的大石，立在另一块像身体的石上，这可以代表我的重心、细心、定力、耐心与信心修行的成果，立于天地之间，与天地融为一体，并愿意接受考验。如果有一天石头倒下了，就等下一次再把它立起来，这表示经得起考验，不会灰心。

每次有人到盐寮来体验简朴、自然、灵修的生活，我都会带他们到海边去立石，领悟一下这种独特的修行课程。有一次，一位教师爱上了这立石修行，他拾起大大小小的石头，一块一块都立了起来，就建立了很大的信心，要向更高的难度挑战。他在立好的第一块大石上再立一块上去，然后一块又一块地向上加，最后连续立了四块才停止，这已达到立石修行的巅峰，他的重心、细心、定力、耐心、信心也达到出神入化了。

海边立石，有顶天立地、振奋精神的感觉；可以表达坚毅决心，表达明确理念，表达对不满的抗议；石头各有形状与立姿，又像是一种大地艺术；立石还可以采测地震风速，体验自然。花莲地震频繁，海边风力强大，人为立石虽然做得到，但难持久，这象征着人类社会里，个人固然可以立得丰功伟业，总是短暂的，微小的。立石虽然人可以做到，毕竟只是小技巧小方法，不可能超越大自然的大法则大次序。所以人虽然立石，可以沾沾自喜，但不要骄傲自大，在自然造物之前仍需要谦卑。

（二〇〇六年十二月二十三日）

立竿见影

到海边，常会发现海滩上大大小小、长长短短的漂流枯木和竹枝，捡拾回家都有很多的用途，枯木可作艺术品欣赏或者作干柴煮饭，竹枝可以搭棚、晒衣。

有一次我们有老有少有男有女，一群人在海边静坐迎日，后来又运动体操，快乐逍遥。忽然看见面前横横直直一大堆竹竿木条，大家兴之所至，每人选择一枝，要将它立起来。有沙的地方，将竹竿插入沙中很容易就能竖立，或者用几块石头在竿下堆稳，竹竿就更为巩固。一下子就竿立成林，人竿并立，一起迎日观浪，飘逸在晨风之中，凝神远眺，胸襟开放扩阔，精神振奋。

立竿可以马上见影，远近皆见，好不威风。可是在砾石海滩上，竿影在大小石头间是歪歪斜斜的，这却是“竿直影歪”，使我想起很多政治人物，感慨不已。

“立竿见影”本来是有积极正面意义的，表示做事后立即可见成果功效，或者说，一个人的所作所为都会看见影迹，不会消失，以致无影无踪。立竿最好是在平顺的地面上，而且有阳光照射，这样就会有竿直影直的结果。这是说，人在平坦的路上，做正直的事情，又在

光明正大的白日下，就会投射得如直竿一样的直影，人人看见，无所遁形，无私无愧，心胸坦荡，人人敬仰。可是人在崎岖路上，或者高低不平的环境下，做事很容易陷入困局，受各种恶势力或欲望诱惑的影响而歪曲了结果，有时出于无奈，是难免的；最好不要私心自作，不然就会自食其果，不堪设想。尤其是风头人物，标杆人物，行为要谨慎不苟、正直无私，所遗史迹才不会歪曲。

所以，立竿见影是对一个人行为的考验或验证，希望的结果是竿直影直，而不要竿直影歪，只有表面功夫，表里不一致。这就看你在什么环境下立你的竿了。

希望你有机会到海边，找一根竹枝，试一下立竿，然后看看它的影子。在静心立竿的时候，同时反思一下自己的人生事迹，你的竿和影是否都够正直不歪呢？这是一个很好的立竿默想课题啊！

（二〇〇七年七月二十四日）

拿起放下

住在花莲最愉快的时刻就是到海边散步，那里有各式各样的石头，大理石、白云石、水晶石、红石、绿石、黑石等。石头被永不止息的波浪冲击，上下滚动，百年千年万年，而滚成圆圆的形状，每一块每一粒都非常可爱，各有个性，各有自已的世界，自己的天地，千变万化，就像世界上每个人一样的不同与独特。这真是：石中见世界。

开始的时候我被这些美石所吸引，每次到海边就捡啊拾啊地拿回来，再慢慢欣赏。我欣赏它们的形状、颜色、花纹，也放在公开的地方与来体验的人一同分享喜悦的心情。有些石头比较特别吸引人，或者启发了我的灵感，我就会用毛笔在上面写上几个字，或者一些诗句，是自己的反省心得，有感而发的创作或勉励的话语，这些石头就更有意义，更增加它的无形价值。

我捡拾不是为了当宝贝收藏，更不会私自拥有，只是为给大家一起欣赏与启发，所以不会贪心地捡个不停，拾得太多，只有遇到很有特色的石头才拿起来，或欣赏，或题字，然后放下。

有些石上的图纹像动物、花草、山水、云霞，使人赏心悦目，怡情养性。有些石头本身就有特别形状，意义深长，发人深省。我在盐寮曾捡拾到一些石头，上有白色十字图纹，能启发人的神圣情怀；也曾拾得心形石头，提醒自己多发挥爱心、善心，事事用心、专心。在这块心形石上，我还突然得到灵感，有所顿悟，写上几句偈语：

石头本无□，世人少有□；海边得此□，正是一个□。

因为它是心石，就将“心”“石”二字隐去，不必写出，等看的人去猜想。

有一天，我又另有所悟：海边捡石，欣赏之后，能舍得放下。于是悟到，这可是一种修行方法呢。很多人到花莲的海边、溪中、山上找寻珍奇稀石，据为己有，或者变卖谋利，把大自然的东西私有化，唯利是图，这已是自古皆然的寻宝之路，很可惜。所以，对喜好之物能拿起，不占有，再放下，是很高的修行境界。

有人到盐寮来体验生活，我有时也会带他们到海边欣赏石头，如果是一个团体，更会特别设计一项活动让他们尝试，尤其是为儿童或青少年们：每个人在海边只选“一”块自己最喜欢的石头，然后聚在一起说说石头故事。

在挑选石头的时候，需要有锐利的眼光，以及鉴赏的能力，当然这没有一定的标准，是因人而异的。当一个人发现自己喜欢的石头时，就需要弯腰、蹲下，才能捡拾、拿起，这象征人需要谦卑才会得到宝物。如果久没有发现喜好的石头，可能还要拨开表面的，去发掘下面深层的。有人在前行的途中会发现另一块喜欢的石头，这时就需要有所抉择挣扎，进一步取舍。在到达聚集的地点及时间之前，这种抉择、挣扎与取舍会不断地出现、发生和进行，这又代表一个人每天每日在生活里，甚至对生命旅程中的每事每物要不断地抉择与取舍一样。

在这样寻觅、发现、拣选、抉择、取舍、欣赏、拿起、放下的过程中，如果能思考到这就是人生，而有所顿悟，就会有很大的得益。到了最后还能好好欣赏自己选择的结果，说出它的由来与经过，它的美丽或所代表的意义，只有欣赏、赞美、感恩，没有后悔，这真是完美的人生呢。

然后大家在一片大石上，将所有捡到的石头都摊放在上面，各自说完自己的故事后，也谈谈对同行相聚其他人的石头的感觉或看法，或由他所拣选的石头去推测他的为人、个性等，这会是每个人的独特之处，各人也会对自己多一分了解，由此又可体验到人人都是上天所造的平等，人人均能各展才华，不要自傲，也不要自卑，好自为之。

各人都拿着石头说完自己的石头故事和感想，也表达意见给别人之后，把石头就地放下，留在原来的海边岸滩，不贪不取，心无挂碍，只留下美好回忆，不带走一沙一石，完成这次“拿起放下”的修行课程，平静地回去。

（二〇〇七年一月三日）

净滩修行

住在海边，或者时常到海边的人，会享受到海景的美丽、海浪的音乐、沙滩的柔软、石头的稳固、游鱼的自在、海草的轻漂……在享受之余一定想加以回馈报答。以前的人大概只要怀着感恩的心，或者说声谢谢再离去就好，因为实在也无以回报。

自从现代文明工业发展之后，海岸海洋受到很多污染，而且愈来愈严重。大多是功利主义，缺乏道德良心的人所为，享乐过后，将用过的东西随手丢弃，不顾而去，成了垃圾，污染海滩。这些垃圾有瓶有罐，胶袋胶盒塑胶用品，筷子，纸巾……应有尽有，甚至有未吃完的食物。有些地方是由那些一直过着传统生活，尚未有环保观念的人所作，他们以为将任何东西一扔，它自然会分解成大地的土壤而消失。可是今天的工业产品是难以腐化的东西，它被冲到大海去，又会被海浪冲回岸边来。还有一些垃圾就不知道由哪里漂洋过海，随波逐流来到的，仔细看看那些标签或编号可能会找到它的来源。这些垃圾都是爱海环保的人不忍看见的现象，那怎么办呢?

为了感恩报答海所给予的美丽回忆，将海滩上所见到的垃圾清拾干净是最好的方法，是报恩的行为，如果能常常做，就是很好的修行。

有环保正义感的人也推广这活动，称为“净滩”活动。有时一些政治人物也带领净滩活动，但表演作秀的成分较多。

净滩是一个辛苦的过程，因为海边的垃圾真是多到捡拾不尽，每次要弯腰、蹲下或跪低才能把垃圾拾起；有时要戴上手套，拿着叉子钳子，甚至捏起鼻子，才能进行，因为有些垃圾又脏又臭；有时还要拨沙挖泥才会找到埋藏在下面的垃圾，这不是吹毛求疵或挑剔，而是尽心尽力的实践。这些都需要有放下身段、耐性坚持、用心观察与虚心谦卑的功夫才能完成。

有时净滩却是一种愉快的经验，当你捡完一段路之后，回头一望，看见这一片沙滩回复到自然纯净的美丽，真是自己都会感动、欣慰不已，一切的辛劳都是值得的，而有了酬报；一切的不满、气愤都会烟消云散了，而获得纾解。这就是净滩修行的得益。

如果你有机会到海边游玩、消遣、享受，请记得，离开前，将所有你带去的东西带走，不管是你要的或不要的，就是不要留下任何垃圾，污染那片海滩，让后来的人还可以享用它的美丽干净，是一种积福。如果你真想留下的，就只有美好的回忆了！

不污染海滩、不留下垃圾是现代人的环保责任。

净滩是爱海、有环保意识的人的修行功课。

（二〇〇七年七月二十二日）

信靠单行

在一个团体内需要互信互助、共融和谐的气氛。要增加这种气氛有很多方法，在盐寮净土我们有特别的一套，这是因为环境的特殊而想出来的。

盐寮靠山面海，有绵长海岸的沿岸公路，每隔几千米就有由山上流下来的溪流，溪流有大有小，有急有缓，各有特色。在这样的山水之间，到哪里走动都是美好愉快的，正是我们设计“信靠单行”理想的地方。

如果一个小团体有几个成员一起来盐寮体验生活，可以自由选择一条不要太长的路线，实行这“信靠单行”的修炼，溯溪、海边、山路都可以，大家都需要知道路线的始末和了解沿途大概的状况，以及最后如何回到起点。最好是清早出发，第一位首先慢步前行，到转了弯，或者有障碍物遮住视线时，后面的人看不见他了，这时第二位才接着起步，跟着前人的足迹而行；到第二位又不见了，第三位再跟进，如此类推。这样一个跟一个地前进，到最后一位为止。如果任何一人稍微走得快一些，就可能看见前一人的影子，而使后一人跟不上，这时就需要慢下步来，重新调整速度和距离。途中有人想专注于内心的感受，则可用数步法或提步法帮助；如果要欣赏外在的自然万物，则可左顾右盼，东张西望，但也要留神脚下安全。

在行进中，最先的一人知道后面有同伴跟随着，不要太急太快；最后一人则知道前面有自己的同伴带领，也不能太慢，要彼此配合；其他每人都要相信，前面有人领路，后面有人跟踪，虽然看不见人影，但他们是一前一后地与自己同行。有了这样的信心，而且照着默契前行，最后就会一个接一个地回到出发点，而再次聚合在一起，完成旅程。最后大家可以找个时间分享一下途中的过程和心里的感受。

这种修炼的特色，第一是要互相“信靠”，虽然看不见前后有人，但要信靠他们的存在与同行，大家一条心走完这段路程，回到目的地。第二是“单行”，在单线的道路上单独行走，前不见人，后不见影，他们每一个都像你一样孤单一人前进，因为彼此有了信心相连，在荒郊野外虽然可能遇到一些意外景象或状况，也不要太过惊慌；真是不能克服恐惧的心理或应付突发事件时，只要大声喊叫，前后的同伴就可以赶来帮助援救。还有一特色是在行进中尽可能保持静默，不要发出噪音，一来自己可以静思默观，二来不会打扰到大自然的安宁，希望这种静观步行使人能在途中有所领悟，并能融入大自然中。

在路线的设计考量上，最好是单线，就是没有岔路或十字路口，这可避免走错路而迷失。如果有一两个分岔的时候，就要先说清楚向左或向右，而且要牢记，或者大家预先做好默契，做个记号，就像登山队伍的习惯处理。

这信靠单行的修炼，对一个团队来说，有加强团体力量的作用，强化团体迈向理想的精神，增加彼此的信心去克服困难，达成目标。

在实际行动中，成员不可避免的时常要单打独斗，面对难题，但在强大的团体意识中就有无形的支持力量，增加信心。真不能解决问题时，随时会出现救援的力量，彼此扶持协助，完成任务。对个人来说也是一种很好的修行经验，在安全的心理保护下，单独地去体验孤单的恐惧过程。不妨一试。

（二〇〇七年七月二十三日）

无欲则刚

这是中国自古以来一句勉励的话，也是一个修行的目标——“无欲则刚”：没有欲念欲求，人的心灵就会刚强。无欲就是不被欲念所诱惑与屈服。人本来有基本的需求需要，生存、生活的需求，生老病死及衣食住行的基本需要，超过了基本的需要就是欲望。如果能将这些基本需要降到最低，就叫自愿的简朴精神。这种自愿简朴的精神就已到了无欲则刚的境界。有些人连这基本的需求都可以放弃，他的心灵意志就更刚强，所以才有抛头颅、洒热血、赴汤蹈火的壮士。

基本的需求很难划出一条清楚的界线，可能因人而异，只好由自己定夺。如果自己愿意往少的方向降低，那意志力量就会愈来愈强；相反的，往多的方向升高，欲望就愈来愈高，意志力反而会弱下来。

人有些欲望本来是无可厚非的，如追求快乐、高兴、开心、自由……有很多正当的方法达到。但利用拥有更多、找寻刺激、自我陶醉等手段来满足欲望就没有止境，难以控制，不可收拾，而沉溺其中，就像烟、酒、赌、毒，一旦上了瘾，则难以自拔。

色欲、食欲也是欲望之一，可以用肉欲来统称，也会上瘾不易节制，以致影响情绪和身体，而生各种疾病。唯有去除这些欲望欲念的根源，人才会清醒、安宁、刚强，就是过简朴的生活，节欲无欲，且坚持信念，就会由内在产生无限的力量。

无烟则清，无酒则醒，

无赌则胜，无毒则宁，

无肉则强，无欲则刚。

（二〇〇七年七月九日）

花样美尘埃

混沌人生需要清心修行，才能进入净土乐园，各宗教都不厌其烦地劝勉世人走向这条道路。

基督宗教以前曾鼓励神贫、苦修的灵修方法，天主教的苦修院中，修士常要刻苦、守斋、打苦鞭，修来有些辛苦不易。佛教禅宗则提倡勤修，要随时努力修为，以保持身心洁净。现在还有一种轻松愉快的“乐修”，只要喜欢乐意，正向看待一切事物，世界就成了乐土。

禅宗五祖的弟子神秀特别推广勤修，他主张：“身是菩提树，心如明镜台，时时勤拂拭，勿使惹尘埃。”他认为尘埃污物要勤加清除。这是过俭朴生活需要勤练的，练到身心内外都清净纯洁，无欲无求，不为世事污染，很多人接受这理念，把它当做一种修行。可是慧能却能看破这现象，放下这执着，而可以无所牵挂，顿悟到：“菩提本无树，明镜亦非台，本来无一物，何处惹尘埃。”他因顿悟了，立地成佛，一步登天，继承为六祖。这真是超凡脱俗，凡人不易登临的境界，是另一种修行。

苦修、勤修、顿悟都是修行的法门。一般人可能无法时常刻意克己苦修，但比较容易过简单的生活，节俭，勤劳。人在尘世总是需要度此一生，在日常生活中，天天都要拂拭洗炼才不致尘埃污垢满身，随时可以面对最后一刻而不会遗憾。有信仰的人每日的拂拭就是反思、省身、忏悔、改过；出家人、修道人每天还会用扫地扫落叶来修炼这种精神，加强印象。人看世间事物有时可以用虚与无来面对，就是“本来无一物”的心态，这样就容易放下，心无挂碍。

人在世界上历史上总是会留下痕迹，一步一脚印，有时要勤练，有时要放开，可以随心所欲而为。最好常有正向的思维，积极的态度，才容易得到快乐。又如果愿意努力去追求，彻底地实践，决心去坚持，成功就可以预期。

正向思维、积极态度、乐观胸怀也是一条修行的道路——“乐修”。自愿过简朴自然生活的人，尤其需要这种正向积极的乐修，因为在物质短缺的情形下，如果用平常心、欢乐心来看，简朴生活不是苦的，还可以找到它积极的意义，就是拥有的愈少，就愈没有压力，没有烦恼，身体健康，心情愉快，而且愈自由、快乐、平安。又在纯真的自然环境中，可以发现自然的真美：秋天的落叶不是脏乱，而是五彩缤纷；蜘蛛网不是讨厌的，而是精心设计的美丽图案；尘埃也不是脏污的，它只是微小的泥土、物质的碎屑，随着空气的流动而上升下降，均匀地散布在物体的表面，物体就变得有朦胧之美，用手指在上面还可以写字画画呢。人不要特别改变自然，而顺其自然、爱护自然，就能欣赏自然。这就修到正向思维的果实了。正是：

身是尘间树，心似百花台；

正念惟一转，花样美尘埃。

人在世上不过百年，总会枯萎凋零，化作大地养分；人还没有树木长寿，这是不变的事实，我们得承认，也改变不了。人时常心猿意马，又想百花齐放，总不得空闲。可是只要心念往积极正向一转，善念美意就由此而生，尘埃也会像花朵一样美丽可爱，世界更会出现一片祥和，这不就是正向、积极、乐观、美化、创意更高的一种修行境界吗？

因此，人只要常有正向的思维、积极的想法、乐观的态度、美化的眼光、创意的作为，就能化腐朽为神奇，化尘埃为花朵。尘埃不再是污秽脏乱，而成了真善与美。人生常如是想、常如是悟、常如是修，就都是美好的了！人需要常有这种正向的想法，社会更需要如此，才会安乐祥和，人间乐土就会降临。

（二〇〇七年七月十二日）

地球剪发

在大自然里生长的花草是自由自在的，可以任意纵横，爱生多长就生多长，爱长多高就长多高，可以攀爬，可以匍匐，不受限制。

以前有些特别的花草被皇帝看中，就会被移种在皇宫的花园里，享尽荣华富贵，备受尊崇，特别待遇。可是会定期被剪头剪手剪脚，以达到整齐划一，迎合皇宫贵族的喜好，这使我想起欧洲一些皇宫花园。

现代大都市的公园里也种了许多花草，虽然平民化了，可还是会被一律平等地待遇，按园丁的意思剪得一般齐整。现代园丁仍承受着古代的审美眼光，认为平整才是美丽，都是站在人的立场来判断事物。更有甚者，就是现在的足球场、高尔夫球场等，草坪剪得短短的，只准单一草种生殖，并用农药、化肥等来控制。

有生态保护者就提倡自然保育观念，让植物多样自由地生长，让荒野重现，所以就有所谓自然公园、荒野公园、湿地公园等。

在盐寮我们也有一大片草地，初时为了使荒芜石地变成青草地，就种了几种繁殖比较快，可以蔓延，但不会长高的草，后来就让它们自由生长。几年后，长出青草一二十种，非常茂盛，尤其是到了春天，不只绿草如茵，而且百草齐放。青草其实并不单调，都有各色小花，互相争荣。

我时常想这么多草怎么办？怎么处理？我首先想到的是，很多草都是美味的野菜，能作为食物最珍贵。我一个人的时候都不怎么除草，只将门口、走道、房屋周围的草稍微除去，以免生活不便或可能有蛇虫藏匿而生危险。在人多的时候生活空间会扩大，除草的范围也需要扩大，人手多就一起动手。或者有长期住下来的人，除草就成了每天的劳动工作。我们也不赶着在短期内完成，就把除草提升为每天的修行，除多少草倒无妨，只希望在除草的同时能静心、反思，反思人与自然的关系，如何才能和平、共存、互惠、共生等。

我们除草坚持不用机器，就是不用割草机，以免人草疏离隔阂，而且容易使人高傲地感觉到，以为只要拿着机器，很快就能把什么都铲除，而且不把青草看做是有生命的个体，只是美丽的装饰品而已。

我们割草是用镰刀的，目的只要把草割短，不妨碍行动就好，而不是要铲除。有时我还故意不除不割，在草丛中锻炼一下手脚左右开弓、打草惊蛇的功夫。用镰刀割草则需要手臂手腕的另一种功夫，有时更需要左右手的配合，一手执草，一手挥刀割短。手与草有接触，就有感觉与感情，而不会无情地一刀了决。割下的草要好好地款待，能吃的是我们桌上的佳肴，堆在一起可以变肥料，晒干了则是很好的燃料。

有一次一位来长期静修退省的人，在蹲下默默割草的时候，突然获得一个伟大的灵感：看到草地扩大再扩大，扩大到无限时，就像看到整个地球一样；自己却缩小缩小，缩小到只像一只蚂蚁，而自己手中仍执着一把镰刀在割草，好像在为地球这个大头剪发——突然领悟到自己正在做着一件非常有意义的事情。

他这一顿悟提醒我们，在大自然中，不论做什么小事，只要把握时机，静心思维，都可能悟出一番大道理来。所以割草虽然是小事一件，却像是为“地球剪发”的大事啊！好好用心吧！

（二〇〇七年八月十六日）

盐寮修行

“盐寮净土”是一个体验简朴、自然、灵修生活的地方，度的像是出世的生活，思念的却是入世的关怀。“盐寮”两个字正说明了这个意思：“盐”有消毒、防腐、调味的特性，就是希望对社会的不理想情况尽一点责任、付出一分力量、消除一些不正确的观念、防止一些负面的行为、调整一些歪曲的价值观与人生观，是积极入世的关怀心态。“寮”是一些简单的房舍设备，生活上自然而简朴，好像回到从前出世的方式，但有着面对新世纪最严重的生态问题的积极做法。“净土”则是入世又出世的，希望创造一个现世的人间净土，也为将来的天国净土做准备。所以，生活中的一思一念、一言一行、一举一动都需要有所修行、修身、修心与修灵，才能慢慢走向那个向往的净土世界。在这人间净土里只要不断修为，也能达到净身净心净灵的境界。

修行与修为意思差不多，就是修正行为，或修炼行为——在一切生活行为细节上。修行修为也是修身的意思。修炼是由歪修至正，由负面到积极，或除旧更新，大都依照传统的道德礼教标准，也有创新的思维方向；或者修炼个人的能力，改变个性与特质，接受某些人生特别的挑战等，都是一些个别的行为。这些行为注意到由内而外，由近至远及由人到自然的事务，目的则为了得到各种良好的人性特质，如用心、细心、耐心、恒心、信心、好心、爱心，惜福、惜物、惜缘，喜悦、关怀、和善、谦逊、忍耐、真诚、慈悲、和谐、共融、分享、互信、互助、接纳、包容，不气、不怒、不敛、不贪、不奢侈、不浪费、降欲、克制、节俭等，一般的在俗人都能做到的。

进一步的修行是修心与修道，对行为与内心要修好、修精、修炼，修到意识的层面、精神的层次，修至真善美的境界，可以修出一套道理，修出一条道路。这大多是出家修道人所追求的、向往的。在俗人如果也想往这方向修炼，他就成了在俗的出家人，这不是不可能，但是挑战会更大。

再进一步的修行就成了修灵、修圣了，这是要修炼至十全十美、真善美圣、无私大爱、舍己为人、舍得放下、一切解脱，有积极有消极的，有为己也有为人的，如果有环境的配合与助力，不论在俗或出家都能晋升至超凡入圣，这可是在俗人比出家人更难达到的境界。出家修道人多是在某个宗教范畴之内，各种信仰的规律与方式都在一套特定模

式中，有既定的戒律规则可循。自由的在俗人就需要自己的一些反省、领悟与创意，没有框框限制，随心而为，或者在常念中达到无为的意境。

在人的一生中，生长老病死每个阶段，都是修行的时机，而不是消极的、无可奈何的、必须承受的痛苦。人一生的需求——食衣住行育乐医灵，都是修行的项目；人每日的基本需要，如吃喝拉撒睡均可以修行；人一天的基本活动，如行住坐卧洗，也要修为。此外，随时随地的言语、思想、念头、感受、情绪，亦是修炼的内容。

人生的每一件事情开始的时候需要有动机去做，需要有知识、学问、智慧，去计划实行；在过程中需要用心、耐心去努力；完成之后，结果做得好，会得到光鲜亮丽的赞美和喝彩；善后收拾则常常被人忽略了，这时就特别需要有修行修养，才不致留下遗憾和污点劣迹。

修行修为、修心修道、修灵修圣是一条不断提升而长远的人生道路，看你努力用心的程度而走得有快有慢；又看你的毅力与耐心的强弱而是否能坚持到底，到达终点，不至半途而废。

盐寮有自然的环境、有简朴的设计，所以在简朴生活中修行与在大自然环境中修灵都很合适，只要你愿意敞开心胸，前来体验，且心甘情愿地接受一切，就能做到所有由修行到修灵各个阶段的锻炼。下面举一个简单的例子，说明这修行道路的各个阶段和过程。

食是人生遇到的第一件重要事情，也是基本的需求，首先要修的行为。人如果无法控制欲念贪念，就会吃得过饱，大鱼大肉、好酒嗜烟，以致身体健康不良，这是行为歪了，产生负面的结果。想修正这行为就要除旧更新，改变习惯，吃得适量，清淡一些。如果想进一步修行修心，则需要减食，节食，甚至素食，这是健康之道。再进一步要修灵，可以实行适当的断食，断食会产生内在心灵的力量，培养爱心。再进到绝食阶段，力量就会更大，而接近入圣了。

另外再举一个也是常见的例子，是吃的方式。人如果缺乏教养，吃相就会很难看，嘴边沾满饭粒菜屑，桌上杯盘狼藉，骨头菜渣纸巾乱放，汤汁处处滴落……餐桌就像一个垃圾场一样，行为真是歪得厉害。要修正这行为就要随时保持餐桌整齐清洁；进一步修行是对食物食具感恩，惜物惜福、不浪费；再加一点用心与耐心以净碗礼来修心修道，这就是生态环保由餐桌开始的道；人如果一生能坚持饭后净碗的修行，他也已到了修灵的阶段，而接近超然入圣了。

人在修行之后，可以获得修行之果，达到人所追求的——定、静、安、虑、得的境界，有所得着，得到净境、净身、净心、净灵，净思、净念、净情、净欲，而能圣化。盐寮净土有特别设计的环境，它的目的就是希望引领人走向这个境界，领悟力强又加上努力的人就能达到。

来到盐寮净土体验生活的人，只要时间够长，次数够多，或者选择的日子适当，大部分的修行项目都可以遇上而经验到。盐寮着重的简朴与自然的生活方式和环境，特别适合在俗人的修行，尤其是在日常劳动工作

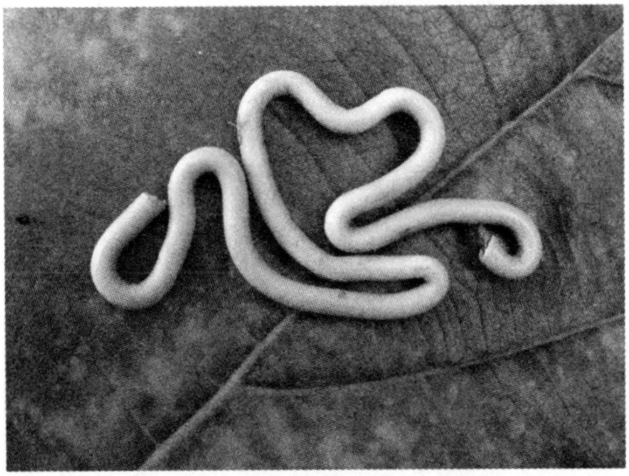

中的修行，这些项目虽然是工作，但也是修行的过程，更是静心、默想的好时刻。这些项目非常之多，大部分容易学习，只要有意愿，并稍加用心便会。下面列出，让大家参考，个别而特别的项目，也选择性地在前面的篇章详细描述介绍了。

劳动工作中修行

日常工作：

挑水、担水、提水、接水、水修行；洗衣、晒衣、各项洗涤；

捡柴、折枝、锯木、砍柴；

下厨：生火、起灶、烧水、洗菜、切菜、做饭、做馒头、做包子、烤饼；

耕种：除草、锄地、翻土、撒种、种菜、灌溉、收割；

市场捡菜、采野菜、摘海菜……

偶尔为之的工作：

建屋、铺路、修缮房屋、净滩、净溪……

兴之所至的事：

做果酱、蜜饯、醋、泡菜、腌菜；

剪发、打扫、整理环境；海滩漫步、捡石、溯溪、登山……

缝缝补补：

衣服、蚊帐、被褥、榻榻米、水桶、椅凳……

物尽其用：

资源分类、回收再用、创意使用；

塑胶袋：清洗、晾干、打结、存放、再用、处理；

造椅凳、造绳子、造扁担……

生活艺术：

石上书法、画画、立石、吃果艺术、创意艺术、赏花、抱树、观海、听涛……

生活中修行

生活中的修行项目亦可依食衣住行育乐医灵而分类，这样涵盖范围就更广阔。其中食可包括吃喝拉撒；住可包含坐卧洗睡；生长老病死可分别属于育乐医灵中。很多项目可以自我修炼，有些则需要有人教导指点，有些更是特别的锻炼挑战。

自我修炼	不花钱体验锻炼
食：（吃喝拉撒）餐桌环保、素食、生食、野菜、断食……早晨喝尿、野外拉屎；挑水、烧灶……不用电锅、不用瓦斯炉、不煎炸炒、少油盐糖……	**食：**市场捡菜、求食、以物易物
衣：穿旧衣、用旧物、不受时装诱惑……	**衣：**收集旧衣物、捡日用品
住：（坐卧洗睡）日出而作、日入而息、随遇而安、露天洗澡、不用冷气风扇、不受时钟手表限制、夜不闭户、出不锁门……	**住：**露宿、求住

行：远行锻炼、信靠单行、用车原则……	**行**：不带一块钱徒步、搭便车
育：（生、长）阅读、写作、免费课程、不买书报……	**育**：（生、长）捡报纸、捡纸笔、借阅书籍
乐：观日、观潮、听浪、听涛、立石、立竿、溯溪、登山、无电视……	**乐**：捡石、捡漂流木
医：（老、病）尿疗、断食、脚底按摩、刮痧、拔罐、拍手功、甩手功……	**医**：（老、病）不吃药、不打针、不看医生
灵：（死）生态灵修、大自然灵修、迎日操、和好操、静坐、静行、净滩、无欲、净心……	**灵**：（死）预立遗嘱、葬树

心灵的修炼

心灵的修炼自古以来是人类希望达到的最高境界，古圣先贤中有很多榜样与导师，我们都在努力向他们学习。在盐寮有不少生活细节都是朝着这个方向前进，而且多数已隐含在前面的各项修行中。

心灵的修炼——

对心的提升：爱心、关怀、喜悦、诚恳、信靠、信心、慈悲、创意……

对情的修炼：忍耐、谦卑、克制、降欲……

与人互动：接纳、分享、共融、和睦、沟通、共识、互信、互助、包容、宽恕、惜缘……

对物的修为：爱物、惜福、简朴、节俭、物尽其用、不奢侈、不浪费、不贪、不敛、不药、不酒、不毒、不赌……

对负面情绪：正向思维、顺天应人、逆来顺受、不气不怒……

简朴生活中的修行

简朴生活中的修行外表上大多并不新鲜，内在的意念则有些是针对现代科技工商发展社会所产生的后遗症反省而构思出来的，有些很有盐寮的特式；自然的修行则全是在盐寮的创意下设计的，也就是在大自然环境中的灵修。下面列出这两种修行的每一题目，在书中都已加以发挥。

简朴修行：拥有愈少愈自由、宁惜福不浪费、物尽其用、化腐朽为神奇、弯腰捡菜、素食修行、顿一顿、最后一滴、随时集中、净碗修行、用水之道、水修行、担水功夫、守在灶前、胶袋修行、道在垃圾、垃圾兄弟、扫地修行、洗厕报恩、吃果艺术、书法功夫、断食避年、不带一分钱、由头到脚的简朴。

自然修行：溯溪迎日、清晨一滴露、早晨喝尿、野外拉屎、露天洗澡、石中见世界、大海波浪壮、千禧迎日操、千禧和好操、海边净心、立石修行、立竿见影、拿起放下、净滩修行、信靠单行、无欲则刚、花样美尘埃、地球剪发、盐寮修行。

简朴与自然生活中当然不只这些，其他很多项目是大家耳熟能详的，如扫地、捡柴、割草……或者前面分类中已经提及。简朴生活本

靜修小屋
靜思樓
工寮
1995

室
廚 房
靈修中心
淨心室
95.02.18

身其实就是一种修行的方向，没有一定的标准与方式，不是一定要担水、烧灶、素食……而只要每事用心、简单一点、朴实一点、节制一点、降低一点、放弃一点就是；而且各人可按自己的身份、背景、地位、经济条件、生活环境等取舍，定出自己的方式来。

自然修行是一种现代新的观念，也可以称为生态灵修。以前人类都是在大自然中生活，一切顺乎自然；今日科技工商社会里很多生活方式与习惯是远离自然，甚至违反大自然，破坏、污染自然生态的，因此，我们才需要重新与自然和好、爱护自然、保护自然的修行。

最重要的是要经过一番反省、觉悟后，出自心甘情愿，自由自在地抉择。如果是被迫的修行，效果一定不佳；只有自愿才易修到正果，炼净灵魂，走向净土天堂。

（二〇〇七年二月二十八日）

附录
盐寮净土

盐寮净土位于台湾东部花莲县盐寮小村的海边，东面太平洋，西靠花东海岸山脉，“盐寮”是村名，正巧适合我们设置这个地方的精神：

“盐”有防腐和调味的作用，

“寮”是一些简单的房舍，

“净土”是净化环境与心灵的地方。

我们希望在这个简单朴实的地方，发挥一点点对社会上腐化的防止与价值观的调整作用。这里的生活是简朴、自然、灵修的。

简朴生活　我们过的是海边淳朴的生活，放弃都市文明的舒适方便，节制名利与饮食的欲望。简衣便服，没有电视、音响、冷气、洗衣机等现代化设备，不使用一次就丢的包装及容器。一切自己动手，每日劳动工作，自己建屋，捡石铺路，拾柴烧饭，锄草种菜，采野菜，素食，不吃罐头汽水等垃圾食物；节约用水，惜物惜福，禁止烟、酒、槟榔等有害健康的东西。

自然生活　与自然大地为伍，与天地万物共融，爱护环境，不破坏水土，不制造垃圾，垃圾分类，资源回收，不使用化学清洁剂、杀虫剂、农药、化肥；不欢迎会污染环境的塑胶瓶、发泡体、铝箔包；日出而作，日入而息，汲泉而饮，采野而食。登山远眺太平洋，溯溪寻觅水源头。

灵修生活　修炼身心灵平衡，集合东西方灵修，净心净念，反省默想，读经咏唱，瑜伽静坐，晚上分享，合一祈祷；在大自然中体验造物主的伟大，在万物中经验宇宙的和谐，在共同生活中体验人与人之间的互爱互助共融，达到天地人合一的境界。

这里欢迎任何善意前来体验的人，不分宗教信仰、男女老少、国籍种族，也欢迎社会上的弱势族群，心灵受创、彷徨无依的年轻人。请预先联络，约定时间。

盐寮净土设立的目的，是为了人们能有机会体验不同于今日以物质、消费、功利取向的另一种生活方式，反省现代文明生活的价值，进而改变生活态度、人生观、价值观，因此改善人与人、人与大自然、人与上天的关系，以达到净化人心、社会、环境，进而走向一个自由、喜乐、和平的大同世界。